D1389415

# VOYAGE MORTEL

## RMS *Titanic*

Hugh Brewster

Texte français de Martine Faubert

Éditions SCHOLASTIC

Bien que les événements évoqués dans ce livre, de même que certains personnages, soient réels et véridiques sur le plan historique, le personnage de Jamie Laidlaw est une pure création de l'auteur, et son journal est un ouvrage de fiction.

Catalogage avant publication de Bibliothèque et Archives Canada

Brewster, Hugh
[Deadly voyage. Français]
Voyage mortel : RMS Titanic : Jamie Laidlaw,
la traversée de l'Atlantique, 1912 / Hugh Brewster ;
texte français, Martine Faubert.

(Au Canada)
Traduction de: Deadly voyage.
ISBN 978-1-4431-1190-4

1. Titanic (Navire à vapeur)--Romans, nouvelles, etc. pour la jeunesse.
I. Faubert, Martine II. Titre. III. Titre: Deadly voyage. Français.
IV. Collection: Au Canada (Toronto, Ont.)

PS8603.R49D4314 2012     jC813'.6     C2011-905748-4

Édition publiée par les Éditions Scholastic,
604, rue King Ouest, Toronto (Ontario) M5V 1E1.

5 4 3 2 1   Imprimé au Canada 114   12 13 14 15 16

Le titre a été composé en caractères Decotura.
Le texte a été composé en caractères Minion.

MIXTE
Papier issu de
sources responsables
FSC® C016245
FSC
www.fsc.org

*À ma mère*

# PROLOGUE

« *Le dernier survivant.* » *Voilà comment m'a appelé le jeune homme à qui j'ai parlé au téléphone. Il affirme que je suis le dernier survivant canadien du Titanic. J'ai été surpris de l'apprendre, car les passagers canadiens étaient assez nombreux. Il m'a invité à un colloque réunissant des gens qui s'intéressent au Titanic. J'ai été encore plus surpris. Je croyais que cette histoire était oubliée depuis longtemps! J'ai répondu que j'étais trop vieux pour me déplacer. Il m'a donc demandé de mettre par écrit mes souvenirs du paquebot et de la nuit du naufrage. Il a dit qu'il y avait trop de légendes qui circulaient à propos du Titanic. Je suis bien d'accord avec lui! À l'époque, les journaux ont profité de cette occasion pour publier toutes sortes d'histoires inouïes. Bien des gens croient encore à ces histoires sordides, aujourd'hui. Pourtant, la vraie histoire est déjà assez extraordinaire. Je le sais, car j'y étais. J'ai vu ce qui s'est passé. Il est grand temps de rétablir les faits.*

James Laidlaw, 15 avril 1987

# CHAPITRE UN

# LE TRAIN-PAQUEBOT

*Gare de Waterloo, Londres, 10 avril 1912, 9 h 30*

— Jamie! Dépêche-toi! m'a crié mon père, pour couvrir le bruit qui régnait dans la gare.

Il se tenait debout, à côté d'un porteur et d'un chariot rempli de bagages.

— Nous connaissons déjà le numéro du quai, a-t-il ajouté d'un ton impatient en me voyant regarder le panneau indicateur.

— C'est le 12! ai-je dit.

— Oui. Le porteur le sait déjà! a-t-il soupiré. C'est à lui de savoir.

*Train-paquebot : Southampton* pouvait-on lire en lettres blanches sur le panneau indicateur, sous une liste de noms de villes qui commençaient tous par W : Wimbledon, Wandsworth, Winchester et Woking. J'aimais beaucoup ce nom : le train-paquebot. J'imaginais un grand navire qui tanguait sur la voie ferrée. Évidemment, je savais qu'il s'agissait d'un train qui se rendait jusqu'au paquebot. Mais ce train de la gare de Waterloo n'allait pas nous emmener jusqu'à un paquebot ordinaire. Il allait nous emmener jusqu'au plus grand paquebot du monde! Mon père m'avait donné un dépliant sur le *Titanic*, et j'étais impatient d'explorer ce navire géant tout neuf. Il y avait une piscine, un gymnase et des salles à manger où je pourrais commander tout ce que je voudrais. Après l'horrible nourriture de mon pensionnat anglais, j'étais prêt à manger à m'en faire éclater la peau du ventre.

Nous avions besoin de deux porteurs pour transporter tous nos bagages jusqu'au quai 12. Ma mère avait passé des semaines à faire emballer nos affaires dans la maison que nous avions louée dans le Kent. Des caisses en bois contenant nos meubles et la plupart de nos possessions étaient déjà parties pour le Canada à bord d'un autre navire. Mais nous avions encore des tonnes de bagages que nous prenions avec nous, sur le *Titanic*. Ma mère s'était mis en tête de porter une tenue de soirée différente à chaque souper pendant la traversée. Allez savoir pourquoi!

Rosalie, la bonne de ma mère, marchait avec Maxwell, notre chien, un airedale-terrier, à côté du deuxième chariot à bagages. Je suis allé la rejoindre et j'ai pris la laisse.

— Viens Maxwell! ai-je dit. Viens mon chien. Nous allons voyager sur un très, très grand bateau.

J'ai demandé à Rosalie si elle était contente de retourner à Montréal, même si je connaissais déjà la réponse.

— Très, très contente! a-t-elle répondu, tandis

que nous traversions la gare bondée, à la suite de mes parents.

Sur le quai 12, j'ai aperçu les belles voitures brun foncé rutilantes du train-paquebot qui attendaient. Les porteurs ont déchargé nos valises dans le wagon à bagages, puis ils ont fait rouler les chariots avec les sacs plus petits jusqu'à ce qu'ils trouvent un compartiment libre pour nous. J'ai tendu la laisse de Maxwell à Rosalie et j'ai saisi un des sacs sur un chariot. Mais les porteurs m'ont chassé de la main et m'ont dit :

— Laissez-nous faire! Nous nous en occupons!

Des filets de vapeur s'échappaient d'entre les roues de la locomotive verte, en tête du train. Le conducteur se tenait à côté, avec son sifflet dans la bouche. Visiblement, nous n'avions plus beaucoup de temps! Les porteurs ont vite placé nos bagages à main dans les porte-bagages au-dessus de nos sièges. Nous nous sommes assis. Mon père a payé les porteurs. Ils l'ont salué et sont redescendus sur le quai. Le conducteur a sifflé, les portières ont claqué, et la locomotive s'est mise à chauffer. J'ai regardé ma montre : 9 h 45. Soudain, le wagon a tressailli : c'était le grand départ!

Maxwell a aboyé. Je lui ai flatté la tête pour le calmer. En quittant la gare, le train est entré dans un tunnel. Quand il en est ressorti, on voyait les murs noirs de suie des immeubles à logements londoniens. Sur les toits d'ardoises se dressaient de grandes cheminées coiffées de mitres en argile rouge d'où sortait de la fumée. Certains jours, un épais brouillard s'abattait sur Londres et provoquait une espèce de soupe de pois qu'on appelait le « smog ». Il bloquait la lumière du soleil, si bien qu'on pouvait prendre l'aube pour le crépuscule. Mais aujourd'hui, un bon vent d'avril avait chassé la fumée. De temps en temps, le soleil perçait même à travers la couche de nuages.

Puis nous sommes passés dans les banlieues de Londres où il y avait, dans de jolis jardins bien entretenus, des tulipes et des arbres en fleurs. Enfin, nous avons filé dans la campagne où de petites églises en pierre avec des clochers carrés s'élevaient au milieu des champs bordés de haies dont les bourgeons venaient tout juste d'éclater. J'ai aperçu un cheval qui trottait dans une allée. Il tirait derrière lui un petit chariot plein de bidons de lait.

— Comme c'est joli! a dit ma mère en soupirant. La campagne anglaise va vraiment me manquer. Pas à toi, Henry?

Mon père a levé les yeux de son journal un instant et a marmonné quelque chose en guise d'approbation.

— En tout cas, la pluie ne me manquera pas du tout, ai-je dit.

— Ni l'humidité, a ajouté Rosalie.

— En hiver, il fait très froid à Montréal, ne l'oubliez pas, a rétorqué ma mère.

J'avais envie de dire que je n'avais jamais eu aussi froid qu'au pensionnat où on gelait littéralement. Mais je voyais bien que ma mère était triste de quitter l'Angleterre, alors je n'ai rien dit. Nous avons ensuite traversé un endroit qui s'appelait Basingstoke et, peu après, une ville où on apercevait une immense cathédrale grise en plein centre. Je connaissais cet endroit.

— Winchester! ai-je dit. Nous allons passer à côté de mon école!

— Exactement! a dit mon père en levant les yeux de son journal.

Quand nous étions arrivés en Angleterre, il avait décidé que je devais aller au collège de Winchester parce que le fils d'un de ses collègues de travail, à la Banque Impériale, l'avait fréquenté.

— C'est la plus vieille école de toute l'Angleterre, avait-il dit. Et tu vas apprendre à jouer au cricket. Mais tu devras d'abord passer l'examen d'entrée.

J'avais bien réussi cet examen, mais je n'étais pas doué pour le cricket! L'école était effectivement très ancienne et même plus ancienne que tout ce qui se trouve au Canada, me soulignait-on fréquemment. Elle avait été fondée en 1382, plus de 100 ans avant que Christophe Colomb traverse l'Atlantique. Certains bâtiments du collège dataient de cette époque. Ils portaient des inscriptions en latin. Le latin était très important à Winchester. Nous devions réciter les prières en latin à la chapelle, et aussi le bénédicité avant les repas. Même la chanson de l'école était composée dans cette langue morte qui n'a jamais été ma matière préférée.

Il y avait encore pire que les cours de latin. Je parle des préfets : des élèves plus vieux qui ont le droit de faire faire tout ce qu'ils veulent aux plus jeunes, comme moi. Durant ma première année au collège, j'ai dû cirer les chaussures et faire d'autres corvées pour un préfet qui s'appelait Sykes : un gros garçon prétentieux, avec un double menton. Je l'entends encore m'appeler « Collie » en criant à pleins poumons. Je devais alors me précipiter pour voir ce qu'il voulait. « Collie », c'est-à-dire « p'tit gars des colonies », était le très brillant surnom qu'il avait décidé de me donner! De plus, je n'y pouvais rien si, de derrière mes oreilles, des mèches de cheveux rebelles pointaient toujours comme les oreilles d'un collie. Ce surnom m'est donc resté.

En traversant Winchester, le train a ralenti et j'ai pu voir le stade de cricket et les terrains de football du collège. J'ai repensé à la voix endormante du directeur, durant la prière du matin. J'ai repensé aux bains d'eau glaciale qu'on nous obligeait à prendre. Et j'ai presque pu sentir l'odeur du réfectoire : un relent de chou bouilli ou de choux de Bruxelles trop cuits. Quand nous avions du hareng fumé pour le déjeuner, nous étions censés être contents. Et il y avait un dessert qui revenait souvent : un pouding au tapioca gluant avec une cuillerée de confiture de fraises sur le dessus. Les gars appelaient ça du pouding à la morve!

— Je suis si content d'être sorti de cette prison, ai-je chuchoté à Rosalie.

Elle a gloussé, et mon père a levé les yeux de son journal avec un air de reproche.

Environ une demi-heure plus tard, nous sommes arrivés aux limites d'une ville plus grande, qui devait être Southampton. Je me suis levé et j'ai retiré mon sac du porte-bagages.

— Nous avons encore le temps, mon garçon, a dit mon père.

J'ai appuyé mon front contre la vitre et j'ai regardé au loin : de grandes grues dépassaient des toits de la ville. Elles devaient servir à charger les marchandises sur les quais de Southampton. Peu à peu, j'ai aperçu des cheminées et des mâts de bateaux, mais aucun n'était assez grand pour appartenir au *Titanic*. Ensuite nous avons traversé une grande route et nous avons longé un quai sous un grand hangar pour les trains. Le train a ralenti, puis s'est arrêté. Je suis sorti dans le couloir, devant notre compartiment, pour regarder par la fenêtre. Maxwell m'a suivi et il a posé ses pattes contre la vitre.

Tout ce qu'on voyait, c'était un immense mur d'acier noir, picoté de millions de rivets et, tout en haut, une rangée de hublots. Le train nous avait emmenés tout contre la coque géante du *Titanic*.

— Allons chercher un porteur, Jamie, m'a dit mon père quand les portes se sont ouvertes de l'autre côté du train.

J'ai ramené Maxwell dans notre compartiment. J'ai mis mon sac d'école de cuir brun sur mes épaules et je suis descendu sur le quai. Mon père avait déjà recruté deux porteurs en uniformes rouges. Tandis qu'ils chargeaient nos bagages sur des chariots, Maxwell m'a touché la jambe avec sa patte.

— Maxwell veut faire ses besoins, ai-je dit à mon père.

— Ça, c'est vraiment ennuyeux, a-t-il répliqué.

Je lui ai dit de ne pas s'en faire et que j'allais m'occuper de Max pendant qu'ils se rendraient sur le quai.

— Très bien, mais fais vite! a-t-il dit. Nous te retrouverons à la sortie de la passerelle d'embarquement. Tu n'auras qu'à suivre les passagers qui embarquent.

— Nous devrions peut-être l'attendre ici, non? a dit ma mère.

— Il a 14 ans, Margaret, a dit mon père. Il va se débrouiller.

Maxwell commençait à s'impatienter. Je suis donc parti en courant sur le quai, vers la queue du train. Nous sommes tous les deux descendus sur la voie ferrée. Max s'est accroupi pour se soulager. J'ai relevé la tête. Le *Titanic* m'a semblé encore plus gros que ce que j'en avais vu depuis le train. L'*Empress of Britain*, le transatlantique que nous avions pris deux ans plus tôt pour venir en Angleterre, aurait eu l'air d'un vulgaire petit remorqueur à côté de ce géant.

Soudain, des rayons de soleil ont percé les nuages et ont illuminé les ponts supérieurs du navire, peints en blanc. J'ai regardé vers la gauche, en espérant voir le mot *TITANIC* inscrit à la proue, mais c'était trop loin. Par contre, en relevant la tête à m'en casser le cou, je pouvais voir les quatre cheminées géantes du paquebot, qui pointaient vers le ciel.

Quand Maxwell a eu terminé, nous sommes remontés sur le quai et nous nous sommes dirigés vers les escaliers. À l'étage, il y avait une longue véranda qui surplombait le train et un auvent qui couvrait l'accès à une passerelle d'embarquement. La plupart des passagers étaient déjà montés à bord. Au milieu de la passerelle, un homme prenait une photo. De là où je me trouvais, le flanc du *Titanic* ressemblait à la paroi d'une gigantesque falaise.

— Cette photo va être magnifique, ai-je dit en m'approchant et en songeant que j'aurais aimé avoir un appareil photo, moi aussi.

— Il est beaucoup trop gros pour entrer dans une seule photo, a dit l'homme avec un accent irlandais, en appuyant sur le bouton.

Il s'est tourné vers moi avec un grand sourire.

J'ai approuvé de la tête et je suis passé devant lui pour entrer dans le paquebot. Mes parents étaient à l'intérieur, près de la rampe incurvée d'un somptueux escalier.

— Le voilà! a dit ma mère au steward en veste verte qui attendait avec eux.

Elle tenait un petit bouquet de fleurs. Mon père avait un œillet rouge à la boutonnière de son veston. On m'en a donné un à moi aussi, et je l'ai mis à la boutonnière du veston de mon uniforme du collège.

Avec Maxwell, je me suis dirigé vers le grand escalier. Mais mon père m'a appelé :

— Nous prenons l'ascenseur, Jamie.

Nous avons contourné l'escalier. J'ai vu qu'il y avait trois portes donc trois ascenseurs dans le mur aux lambris d'acajou. Nous sommes entrés dans l'un d'eux. Le steward a dit au garçon d'ascenseur en uniforme :

— Pont C, s'il vous plaît.

Le garçon d'ascenseur ne semblait pas beaucoup plus âgé que moi. Nous sommes descendus d'un étage, puis nous avons suivi un corridor, couvert de tapis, jusqu'aux cabines C-29 et C-31.

— On ne se croirait pas sur un bateau! s'est exclamée ma mère en faisant le tour de notre suite. Nous n'avons jamais eu d'aussi grandes cabines! Henry, c'est merveilleux!

— Tu dois remercier la Banque Impériale, ma

chérie, a répliqué mon père avec un petit sourire.

Soudain, on a entendu le son répété d'une sirène semblable à celui d'énormes cornes de brume.

— C'est le signal pour que tous les visiteurs débarquent, a dit le steward. Nous allons appareiller.

— Déjà? ai-je dit en jetant mon sac sur mon lit. Je ne veux pas manquer ça!

— Et Maxwell? a demandé ma mère.

— Je vais le conduire au chenil pour vous, madame, a répondu le steward.

Puis en voyant mon air surpris, il a ajouté :

— Tu pourras aller le voir et l'emmener se promener quand tu voudras.

— D'accord, ai-je dit, trop pressé pour me mettre à discuter. Alors, j'y vais. Je vous reverrai là-haut!

L'instant d'après, je courais à toute vitesse dans le corridor, en direction du grand escalier.

# CHAPITRE DEUX

# LE DÉPART

*Mercredi 10 avril 1912, midi*

J'ai grimpé quatre à quatre les marches recouvertes de carreaux blancs d'un premier escalier, en me faufilant entre les gens. Un deuxième escalier m'a conduit à un palier surplombé par un énorme dôme de verre laissant passer la lumière du jour. Tout en haut des escaliers, une grande horloge dont le cadran était tenu par deux anges sculptés était intégrée au mur lambrissé d'acajou. Ses deux aiguilles pointaient vers le douze.

Quand je suis arrivé sur le pont des embarcations, les sirènes, tout en haut des cheminées, ont encore une fois émis un son à crever les tympans. La passerelle que nous avions empruntée pour embarquer avait déjà été retirée. Une autre plus petite était encore là, un peu plus bas, pour permettre aux invités de quitter le navire. Quelques minutes plus tard, elle était retirée à son tour. Peu après, cinq hommes sont arrivés sur le quai, en courant et en agitant les bras. Ils avaient un mouchoir attaché autour du cou et ils transportaient leurs affaires dans des sacs de toile en bandoulière.

— Attendez! Attendez! a crié l'un d'eux. Remettez la passerelle!

Mais du côté du navire, rien n'a bougé.

— On dirait bien que ces gars-là viennent de manquer le bateau! ai-je entendu dire un Américain d'une voix nasillarde.

— Les pauvres! a dit un homme à la voix plus harmonieuse, tout près de moi. Ils viennent de perdre une semaine de salaire. Déjà que le salaire d'un chauffeur n'est pas énorme!

J'ai reconnu l'accent irlandais. C'était l'homme qui prenait des photos sur la passerelle d'embarquement.

— Ils ont peut-être déjà assez de chauffeurs à bord, ai-je dit. Mais que font donc les chauffeurs sur un bateau?

— Ils enfournent le charbon dans les chaudières qui produisent la vapeur, a répondu l'Irlandais. C'est un travail salissant, et il fait très chaud.

Soudain, j'ai senti le navire bouger. Les remorqueurs le tiraient pour l'éloigner du quai. Les chauffeurs qui avaient manqué l'embarquement repartaient, l'air penaud. Des gens sur le quai se sont mis à crier et à saluer de la main.

La foule a commencé à suivre l'immense paquebot. Puis une pluie de fleurs est tombée des ponts supérieurs. Des passagers lançaient les bouquets qu'ils avaient reçus en embarquant. J'ai retiré l'œillet de ma boutonnière et je l'ai lancé par-dessus bord.

Soudain, un coup de vent m'a arraché mon canotier de la tête. J'ai couru sur le pont pour le rattraper. Je l'ai arrêté avec mon pied et je l'ai ramassé. J'ai regardé son affreux ruban aux couleurs de mon collège de Winchester : chocolat, bleu et jaune.

*Je n'en ai plus besoin*, ai-je décidé. Je l'ai fait valser par-dessus le bastingage et je l'ai regardé tomber en tournoyant jusque dans l'eau. Puis j'ai cherché mes parents des yeux, de peur qu'ils m'aient vu faire. Heureusement, aucun des deux n'était en vue.

Le *Titanic* s'est ensuite approché de deux paquebots plus petits, amarrés au quai. Beaucoup de gens se trouvaient sur leurs ponts extérieurs afin d'assister au départ du *Titanic*. Soudain, des claquements forts et secs m'ont fait sursauter. On aurait dit des coups de feu. Les amarres d'un des paquebots ont volé en l'air et sont retombées sur la foule des curieux.

— Hé! me suis-je écrié. Qu'est-ce qui se passe?

— Les amarres ont lâché, comme de vulgaires fils à coudre! a dit le photographe. Ce doit être à cause de la force de notre tirant d'eau. J'espère que personne n'a été blessé!

L'eau déplacée au passage du *Titanic* avait-elle pu provoquer cela? Le navire le plus près, maintenant sans amarres, commençait à dériver vers nous.

— Oh! ai-je dit. On dirait qu'il y a un problème!

La poupe du paquebot a continué à s'éloigner du quai jusqu'à se retrouver presque à angle droit avec nous. Le photographe était penché sur le bastingage, avec son appareil photo à bout de bras. J'ai alors pensé à une manchette dans un journal : « Collision du *Titanic* au départ de Southampton ». Je m'imaginais déjà en train de raconter toute l'affaire à mes nouveaux camarades de collège, au Canada.

— Attention, ça va cogner! a dit quelqu'un.

L'Irlandais s'est penché encore plus en avant et il a appuyé sur le bouton de son appareil photo. Nous étions tous les deux crispés, à attendre le choc de la collision. Finalement, elle ne s'est pas produite. L'Irlandais a foncé sur le pont pour aller voir de près. Je l'ai suivi. Nous avons trouvé un endroit vers la poupe et nous nous sommes penchés sur le bastingage. Un tourbillon d'eau provoqué par une des hélices du *Titanic* avait permis d'éviter de heurter la coque noire du navire à la dérive à quelques centimètres près, nous semblait-il.

— Ouf! ai-je crié. On dirait qu'on l'a manqué de justesse!

— On l'a manqué d'un poil, comme dirait l'autre, a blagué l'Irlandais.

— Oui! On dit ça aussi, au Canada, ai-je répondu.

— Tu es canadien! pas américain! a-t-il dit. Désolé de ne pas l'avoir remarqué. Pour moi, vous avez tous le même accent, de votre côté du réservoir à harengs.

Il s'est présenté : Frank Browne. Il a dit qu'il se

rendait à Queenstown, en Irlande, où le *Titanic* faisait escale le lendemain.

— Je vais passer seulement un jour et une nuit à bord de cet extraordinaire navire. Je dois donc en profiter au maximum, a-t-il précisé. C'est mon premier voyage à bord d'un paquebot.

Le *Titanic* s'était arrêté. Nous avons regardé par-dessus le bastingage, et nous avons vu les remorqueurs qui accrochaient les amarres au navire à la dérive afin de le ramener au quai.

— Cette manœuvre va nous immobiliser quelque temps. En attendant, allons casser la croûte! a dit Frank en pointant le doigt vers un steward qui tenait un clairon.

Le steward a placé le clairon contre sa bouche et il a joué un air militaire pour signaler que le dîner serait bientôt servi. En retournant vers l'entrée du grand escalier, je suis tombé sur mes parents.

— Jamie, où est passé ton chapeau du collège? a demandé ma mère.

— Oh! Le vent l'a emporté, ai-je répondu.

Ce qui n'était pas tout à fait la vérité. Mes parents ont décidé de prendre l'ascenseur pour descendre à la salle à manger. Je préférais passer par les escaliers.

— C'est quatre étages plus bas, a dit mon père. Attends-nous dans le jardin exotique, où nous étions ce matin.

En descendant les escaliers, j'ai entendu les gens

parler de la collision qui avait failli se produire. Ils disaient que c'était un mauvais présage pour une traversée inaugurale. En bas de l'escalier, mes pieds se sont enfoncés dans un épais tapis à motifs rouges et bleus. Je me suis dirigé vers des fauteuils en osier, disposés entre des palmiers en pot. Non loin de là, un trio à cordes jouait un air de valse. L'odeur des mets cuisinés venant de la salle à manger a éveillé mon appétit. J'ai cherché mes parents du regard. Je les ai aperçus qui sortaient de l'ascenseur avec deux hommes très chics. Je leur ai fait signe de la main, et ils sont venus me rejoindre tous les quatre. Pendant que mon père nous cherchait une table, ma mère m'a présenté à un de ces messieurs, un certain M. Molson, de Montréal.

— Vous fabriquez la bière? lui ai-je demandé.

— Jamie! s'est exclamée ma mère en rougissant un peu. M. Molson est le président de la Banque Molson!

— C'est exact, a répliqué M. Molson avec un petit sourire en coin. Mais la brasserie Molson appartient aussi à ma famille. On peut donc dire que je fabrique la bière, oui.

— Mais tu es un peu trop jeune pour en boire, il me semble, a dit l'autre homme en en profitant pour se présenter. Major Peuchen!

Quand je lui ai dit que j'avais 14 ans, il a répondu qu'il avait un fils de mon âge, chez lui à Toronto.

— J'aurais aimé qu'il soit ici, ai-je dit. Je n'ai pas vu grand monde de mon âge, à bord.

— Je suis sûr que vous auriez été de très bons amis, a-t-il répliqué.

Un peu plus tard, je me suis dit que, si le fils du major Peuchen était aussi ennuyant que son père, c'était tant mieux s'il n'était pas du voyage. Pendant le dîner, le major Peuchen n'a pas cessé de parler, si bien que les autres n'ont pas eu la chance de placer un seul mot. Quand je lui ai demandé s'il était un major de l'armée, il m'a répondu qu'il était un officier volontaire du Queen's Own Rifles, un régiment de miliciens à Toronto. Il a fallu qu'il ajoute que, l'an dernier avec son régiment, il s'était rendu au couronnement du roi George à Londres et qu'il faisait partie du cortège royal, et blablabla.

Le major était riche, c'était évident, car il avait son yacht privé, tout comme M. Molson. Ils ont donc beaucoup parlé de navigation et de l'incident du matin. Le major Peuchen avait un petit bouc gris qui bougeait constamment tandis qu'il nous racontait qu'il avait traversé plusieurs fois l'Atlantique à bord d'autres navires de la White Star Line, sous le commandement d'E. J. Smith qui était le commandant du *Titanic*. Mais il était d'avis que le commandant Smith était beaucoup plus doué pour flatter les riches Américains dans le sens du poil que pour commander un navire.

M. Molson l'a interrompu pour dire que le commandant Smith avait bien manœuvré ce matin, en faisant donner un coup d'hélice à bâbord, ce qui nous avait permis d'éviter de justesse l'autre bateau à la dérive. Mais le major Peuchen a rétorqué que, « à son humble avis », cette manœuvre avait probablement été ordonnée par le pilote du port, et blablabla. Puis il nous a dit que le commandant Smith pilotait l'*Olympic*, le paquebot jumeau du *Titanic*, quand celui-ci était entré en collision avec un navire de guerre britannique, le *Hawke*, il y avait de cela tout juste sept mois.

— J'en suis donc venu à croire que ces nouveaux géants des mers sont tout simplement trop gros pour les capacités de ce bon vieux E. J., a-t-il conclu.

— Vous ne pensez tout de même pas que nous sommes en danger, Major? a dit ma mère avec un sourire.

— Oh non! Pas du tout, chère madame! a répliqué le major en riant. On prétend que ce navire est insubmersible, et je le crois!

— Qu'est-ce qui le rend insubmersible? ai-je demandé.

— Sa double coque, a répondu le major Peuchen. Le *Titanic* a des caissons étanches, munis de portes qui peuvent être fermées grâce à un levier depuis la passerelle de navigation. Donc, mais que Dieu nous en garde, si un autre navire nous heurtait, il suffirait de condamner la partie abîmée de la coque afin d'empêcher l'eau d'envahir le reste du paquebot. Une merveille de la construction navale moderne!

Le major aurait pu en parler encore très longtemps, mais mon père a changé de sujet. J'ai parcouru des yeux l'immense salle à manger : la plus vaste de tous les paquebots du monde, selon le dépliant publicitaire. J'avais vraiment l'impression de me trouver dans un hôtel de luxe plutôt que sur un navire. Et je me régalais tellement avec tous les mets délicieux que j'écoutais seulement d'une oreille le long monologue ennuyeux du major Peuchen. Notre garçon de table apportait continuellement de nouveaux plats servis sur des plateaux d'argent, et j'étais ravi de goûter à tout. J'ai commencé par ce qui s'appelait sur le menu un consommé jardinière (c'était une soupe aux légumes avec des fèves dedans). Puis j'ai pris des filets de sole, suivis de côtes d'agneau grillées servies avec des pommes de terre vapeur. Et il me restait encore de la place pour goûter quelques fromages présentés sur un plateau. Pour le dessert, il y avait du pouding au tapioca, mais ça, je pouvais m'en passer sans problème.

— Ça suffit, Jamie! a dit mon père en me voyant prendre une deuxième pâtisserie. On croirait qu'ils t'ont affamé à ce collège!

— Mais c'est ce qu'ils ont fait! ai-je répliqué en engloutissant d'une seule bouchée une tartelette au citron.

— La nourriture de pensionnat, quel mauvais souvenir! a dit M. Molson en me regardant d'un air compatissant.

Après le dîner, mes parents ont dit qu'ils voulaient faire la sieste. Moi, je voulais aller voir ce qui se passait sur le pont-promenade. Pendant le repas, j'avais senti les moteurs repartir, et le paquebot s'était remis à avancer. Quand je suis arrivé sur le pont, de la fumée sortait des trois premières cheminées.

J'ai rencontré Rosalie qui marchait avec une autre bonne qu'elle avait rencontrée dans la salle à manger des domestiques. Elle aussi trouvait qu'elle avait très bien mangé. Elle m'a dit que sa chambre, sur le pont E, était petite, mais confortable. J'ai continué d'avancer sur le pont et je suis arrivé devant un panneau sur lequel était inscrit *Personnel autorisé seulement*. Je me trouvais près de la passerelle de navigation du *Titanic*. Un homme à la roue du gouvernail dirigeait le navire. Par les grandes fenêtres qui se trouvaient devant lui, j'apercevais d'un côté les côtes de l'Angleterre et, plus loin, les côtes d'une autre île. Je voulais m'avancer encore afin de mieux voir les côtes. Je suis donc retourné vers le grand escalier et j'ai descendu un étage.

— Jamie! ai-je entendu en arrivant sur la promenade du pont A. Viens par ici, que je te présente Jack!

Je me suis retourné et j'ai aperçu Frank Browne qui venait de prendre une photo du pont-promenade, en contrebas de la passerelle de navigation. À côté de lui, il y avait un garçon d'à peu près onze ans. Frank me l'a présenté. Il s'appelait Jack Odell. Il allait faire le tour de l'Irlande en voiture avec sa famille. Frank allait les accompagner jusqu'à Queenstown.

Jack avait un appareil photo suspendu au cou et Frank l'aidait à prendre des photos.

— Ah! Voilà qui fera une bonne photo, Jack, a dit Frank en montrant du doigt une masse ronde, au loin.

En approchant, j'ai pu voir que ce n'était pas une balise maritime, mais une construction en pierre qui s'élevait au-dessus de la mer.

— Qu'est-ce que c'est? ai-je demandé.

— Un fort! a dit Frank. Il y en a quatre. Ils ont été construits il y a plusieurs années pour défendre le port de Portsmouth, en cas d'attaque. Portsmouth est une gigantesque base navale.

Il m'a expliqué que nous nous trouvions dans le chenal de Spithead et que le roi y venait quand il y avait de grandes revues navales, comme celle de l'an dernier en l'honneur de son couronnement.

— Sa Majesté se doit de voir la flotte britannique, avec ses centaines de navires bien alignés, a poursuivi Frank. La Grande-Bretagne est toute puissante sur les mers! Mais tout le monde sait ça, n'est-ce pas?

Il l'avait dit d'un ton un peu ironique. Je me suis demandé s'il faisait partie de ces gens qui voulaient que l'Irlande soit moins dépendante de la Grande-Bretagne. Après m'être fait harceler à Winchester avec mon surnom de Collie, je comprenais très bien qu'on ne veuille pas être assujetti aux Anglais.

Tandis que nous marchions sur la promenade, j'ai aperçu une île à tribord et j'ai demandé son nom.

— C'est l'île de Wight, mon garçon! a répondu Frank avec un sourire en coin. On ne vous enseigne pas la géographie au Canada? Tout à l'heure, je parlais avec un Américain. Il croyait que c'était la côte française!

— Eh bien, moi, je parie que vous ne savez pas où se trouvent Saskatoon ni la Saskatchewan, ai-je répliqué.

— Il vous a bien eu, mon père! a dit Jack Odell.

Frank a souri de toutes ses dents. Je me suis demandé pourquoi Jack l'avait appelé « mon père ». En remarquant mon air intrigué, Frank a dit :

— Je ne suis pas vraiment un « père », mais je le serai quand j'aurai terminé mes études de prêtrise.

— Un prêtre! me suis-je exclamé un peu surpris. Eh bien! Euh… Je suis sûr que vous ferez un bon prêtre.

Comme ma famille est anglicane, je n'avais jamais rencontré un prêtre catholique. Frank semblait beaucoup trop aimer s'amuser pour devenir prêtre.

— Suivez-moi, les garçons! a-t-il dit. Nous allons continuer la visite du paquebot!

Nous sommes arrivés devant le grand escalier. On aurait dit que tous les passagers du *Titanic* s'étaient donné le mot. Venus de tous les ponts, les gens formaient une foule compacte qui montait et descendait les escaliers. Je les entendais parler avec admiration de toutes les beautés qu'ils avaient vues.

— Un véritable palais flottant! a dit une dame avec un accent anglais très affecté.

— Un véritable *palais flottant*! ai-je chuchoté à l'oreille de Jack, en imitant l'accent de la dame.

Jack a ri. Frank s'est retourné et nous a regardés d'un air interrogateur. Alors j'ai dit :

— Je veux aller voir la piscine!

— D'accord, a répondu Frank. Nous allons descendre au pont F et de là nous nous rendrons jusqu'à la piscine.

Nous sommes descendus jusqu'au bas des escaliers, puis nous avons pris un ascenseur pour descendre encore deux étages. La piscine était vide. Le steward nous a expliqué que, demain, ils ouvriraient une valve pour l'emplir d'eau de mer. J'ai frissonné en repensant aux bains d'eau glacée que j'avais dû prendre au collège. Les bains turcs, juste à côté, semblaient l'endroit idéal pour se réchauffer. En entrant dans la salle principale, nous sommes restés tous les trois bouche bée devant le plafond à poutres dorées, les murs décorés de faïences et les lustres en bronze.

— On dirait le palais d'un sultan! a dit Frank.

Dans une autre salle, Jack a découvert un drôle d'appareil, appelé un « bain électrique ». On s'assoit dedans, et tout le corps sauf la tête baigne dans la chaleur dégagée par des lampes à l'intérieur. C'est censé être bon pour la santé. En tout cas, c'est ce que le préposé nous a expliqué.

Tout près, il y avait le terrain de squash. Jack et moi sommes allés y jeter un coup d'œil. Nous avons avoué tous les deux n'avoir jamais joué à ce jeu. Ensuite, nous avons retrouvé Frank dans le corridor. Il parlait avec un homme très grand qui avait, lui aussi, un accent irlandais.

— Venez, les garçons! a dit Frank en se retournant vers nous. Pendant que nous y sommes, allons voir comment les autres passagers sont installés.

Le grand monsieur avait des rouleaux de papier sous le bras et un crayon à l'oreille. Il a fait signe à un steward, et celui-ci a déverrouillé la porte qui donnait sur la salle à manger de la troisième classe. Les murs étaient en acier peint en blanc. Il y avait de longues tables avec des chaises de bois noir. Tout un contraste, comparé à la salle luxueuse, plus haut, dans laquelle nous venions de dîner! Nous avons traversé une autre grande salle meublée de simples bancs de bois où des passagers de troisième classe jouaient aux cartes. Le grand Irlandais nous a laissé jeter un coup d'œil dans une cabine. Il y avait quatre couchettes et un évier blanc au milieu. Jack et moi avons tous les deux dit que nous ne détesterions pas dormir dans une de ces couchettes!

— C'est loin d'être aussi confortable que les lits que vous avez dans vos cabines, a dit Frank. Cependant, c'est plus confortable que ce que la plupart de ces gens ont chez eux.

— Et beaucoup plus que ce qu'ils auraient eu sur un autre navire. Je suis fier de le dire, a dit le grand Irlandais. Après Queenstown, ces cabines seront pleines d'immigrants irlandais en route pour l'Amérique.

— Le continent où tous les espoirs sont permis pour nos pauvres compatriotes! a répliqué Frank.

En remontant, Frank nous a dit que notre guide était Thomas Andrews, l'architecte naval du *Titanic*.

— Il travaille pour Harland and Wolff. Ce sont de gigantesques chantiers navals près de Belfast, nous a expliqué Frank. Il est à bord afin de s'assurer que tout fonctionne comme il se doit pendant la traversée inaugurale.

Quelques minutes plus tard, Frank a proposé que nous allions jeter un coup d'œil dans le salon de la deuxième classe. Ses canapés et ses fauteuils bien confortables me semblaient aussi chics que ceux du salon de première classe de l'*Empress of Britain*. De là, nous avons marché jusqu'au grand escalier arrière, qui n'était pas aussi chic que celui de l'avant et qui était surmonté d'un dôme de verre un peu moins grand. Nous avons monté trois étages, jusqu'au pont des embarcations, puis nous nous sommes appuyés au bastingage et nous avons regardé la mer.

— Je crois que nous sommes maintenant bien loin de l'île de Wight. Ce doit être la côte française, là-bas, a dit Frank en pointant le doigt vers l'avant.

— Je ne suis jamais allé en France, ai-je dit.

— En fait, nous n'y accosterons même pas, a dit Frank. Le *Titanic* est trop gros pour le port de Cherbourg. Nous allons jeter l'ancre au large. Les passagers arriveront à bord de navettes.

J'étais intéressé par ces nouveaux passagers. Il y aurait peut-être parmi eux un garçon plus ou moins près de mon âge. Frank et Jack devaient débarquer le lendemain, alors j'espérais vraiment trouver quelqu'un avec qui je pourrais m'amuser un peu sur le paquebot.

# CHAPITRE TROIS

# DE CHERBOURG À QUEENSTOWN
*Mercredi 10 avril 1912, 19 heures*

— Venez par ici, que je vous présente les Fortune! nous a lancé le major Peuchen quand nous sommes entrés dans le jardin exotique, avant le souper. Les Fortune venaient de Winnipeg où, nous a dit le major, M. Fortune avait « fait de son nom une réalité ».

Son fils Charles m'a demandé comment je trouvais le paquebot.

— Un véritable *palais flottant*! ai-je dit en imitant l'accent britannique.

— Si on m'avait donné 10 cents chaque fois que j'ai entendu cette phrase aujourd'hui, je serais riche à millions! a dit Charles en riant. C'est tout de même un navire étonnant. As-tu vu le terrain de squash?

— Oui, ai-je répondu. Mais je ne sais pas y jouer.

— Je peux te montrer! a dit Charles. Ce n'est vraiment pas difficile : il suffit de frapper la balle!

J'étais surpris qu'il soit prêt à passer du temps avec un gringalet comme moi. Charles était un beau grand jeune homme. Il allait entrer à l'université McGill à l'automne. En parlant avec lui, je me suis rappelé le caractère amical des Canadiens. Il a dit, entre autres, qu'il avait joué dans l'équipe de hockey du collège Bishop, à Lennoxville.

— C'est *ma* nouvelle école! me suis-je exclamé. Je vais y aller en septembre.

— Tu vas l'adorer! a dit Charles avec son grand sourire. L'école est entourée de verdure, et il y a de beaux lacs dans la région.

Je me suis aussitôt demandé si les bains d'eau glacée étaient obligatoires. J'ai raconté à Charles les bains froids de Winchester. Il a ri, puis il a dit que les douches chaudes ne manquaient pas, à Bishop. Charles, ses parents et ses trois grandes sœurs retournaient chez eux après avoir fait un grand voyage en Europe, en plus d'un détour par l'Égypte et la vallée du Nil. Charles m'a raconté qu'il avait fait extrêmement chaud au Caire, puis il a ajouté :

— Heureusement que papa avait apporté son manteau d'hiver!

À ces mots, ses sœurs ont souri. On m'a expliqué que M. Fortune avait absolument voulu apporter son énorme manteau en peau de bison, c'est pourquoi tout le monde dans sa famille s'amusait bien d'en parler à la moindre occasion. M. Fortune s'est contenté de sourire et de répliquer qu'on ne savait jamais quand on pouvait avoir besoin d'un manteau bien chaud.

Je me serais bien amusé si j'avais pu rester à la table des Fortune pour le souper, mais mon père s'était déjà engagé à partager une table avec le major Peuchen et

M. Molson pour toute la durée de la traversée.

— Pendant *toute* la traversée? ai-je chuchoté à l'oreille de ma mère.

— Chut! s'est-elle empressée de me dire en me faisant les gros yeux.

Dieu merci, pendant ce souper, le major Peuchen n'a pas jacassé autant qu'au dîner. M. Molson a donc pu nous parler de son yacht, l'*Alcyone*, qui mesurait 23 mètres de long, nous a-t-il précisé. En entendant cela, j'ai sifflé. Mon père m'a regardé en fronçant les sourcils.

La famille de M. Molson possédait aussi une compagnie de transport par bateau. Il nous a raconté qu'un jour, alors qu'il naviguait sur le fleuve Saint-Laurent, son navire est entré en collision avec un bateau qui transportait du charbon.

— J'étais couché quand c'est arrivé, a-t-il dit. J'ai vite enfilé une chemise et un pantalon, j'ai ouvert le hublot de ma cabine et j'ai sauté dans l'eau.

— Ça devait être froid! ai-je dit.

— Glacial! a-t-il répliqué. Heureusement, j'ai été repêché par un canot de sauvetage, sinon je ne serais pas là pour vous raconter cette histoire.

Les plats servis au souper étaient encore plus raffinés que ceux du dîner. Sur le menu, on pouvait prendre du poulet à la ceci ou du canard à la machin-chose. Tout était délicieux, et j'ai bien aimé écouter les histoires de M. Molson.

En quittant la salle à manger, j'ai remarqué que certains des passagers qui venaient d'embarquer à Cherbourg étaient accompagnés jusqu'à leurs cabines par le steward-chef et son personnel. Un garçon est passé près de moi avec sa famille. Je lui ai fait un petit salut de la main, et il m'a fait un signe de la tête.

Je suis retourné sur le pont-promenade et j'ai vu des passagers qui quittaient le navire en empruntant la passerelle du pont D, pour embarquer dans la navette du port. L'un d'eux faisait rouler une bicyclette à côté de lui, et un autre transportait un canari en cage. J'ai regardé la navette s'éloigner du paquebot, puis contourner le brise-lames en direction des lumières de Cherbourg. Les hublots illuminés du *Titanic* se reflétaient dans l'eau. Je me suis dit qu'il devait être magnifique, vu de la côte. Puis le son grave des sirènes, en haut des cheminées, a retenti trois fois, suivi par le bruit des ancres qu'on remontait et le grondement des moteurs qui démarraient. Peu à peu, les lumières de Cherbourg se sont estompées dans le lointain, jusqu'à disparaître complètement dans l'eau noire de notre sillage.

* * *

Le lendemain matin, je me suis réveillé très tôt au son des moteurs qui tournaient à un rythme régulier. J'ai regardé par le hublot et j'ai aperçu une lueur rose à l'horizon. J'ai décidé de monter sur le pont avant que mes parents se réveillent. J'apercevrais peut-être pour la première fois de ma vie les côtes de l'Irlande.

— Bonjour, Jamie! m'a apostrophé Frank Browne au moment où j'arrivais sur le pont.

Il était là, avec son appareil photo. Il m'a dit qu'il venait de prendre un magnifique cliché du lever du soleil.

— Avez-vous vu les côtes de l'Irlande? ai-je demandé.

— Non! Et il va falloir attendre encore un petit bout de temps, a-t-il répondu. J'ai aperçu une côte au loin. Ce devait être Land's End.

Je ne connaissais pas parfaitement la géographie de l'Angleterre, mais je savais quand même que Land's End était l'extrémité ouest des Cornouailles. Je ne m'étais pas rendu compte que nous allions passer par là pour nous rendre en Irlande.

— Je crois que je vais aller prendre une photo de la cabine radio, si on me le permet, a dit Frank.

Nous nous sommes dirigés vers un local du pont supérieur qui avait des fils sur le toit.

— C'est extraordinaire quand on pense qu'on peut maintenant envoyer des messages TSF au beau milieu de l'océan.

Il a frappé à la porte, et nous sommes entrés dans une petite pièce. Un opérateur radio était assis à un bureau contre un mur qui avait deux horloges, et aussi des cadrans et des interrupteurs. Il portait des écouteurs et, avec un petit levier placé sur le bureau, il tapait des messages en morse.

— Pas le temps de parler! Trop occupé! a-t-il dit en nous jetant un bref coup d'œil.

J'étais surpris de voir qu'il était si jeune, peut-être seulement quatre ou cinq ans de plus que moi.

— Juste deux secondes pour prendre une photo, si vous le permettez? a demandé Frank.

Le type a fait oui de la tête. Pendant que Frank prenait sa photo, on a entendu un bruit dans un des tubes de laiton qui couraient au plafond et descendaient le long du mur. Puis un petit cylindre est sorti du bout évasé du tube et il a atterri dans une corbeille, sur le bureau.

— Encore! a dit l'opérateur en ouvrant le cylindre et en retirant une feuille de papier enroulée. Les gens déposent leurs messages au bureau des renseignements, et on me les envoie ici, par ce tube.

Un autre opérateur radio, qui semblait être le chef, a ouvert la porte et nous a fusillés du regard. Derrière lui, il y avait un autre petit local plein de matériel. Frank et moi sommes vite ressortis sur le pont.

— Je suppose que les passagers ne sont pas censés se trouver là, a dit Frank tandis que nous nous éloignions. Mais ce système de tubes pneumatiques est remarquable! Ça marche à l'air comprimé, je crois.

J'en avais déjà vu un dans un grand magasin de Montréal, un jour où ma mère m'avait acheté des chaussures. Je me rappelais ma surprise quand notre reçu et la monnaie nous étaient arrivés par le pneumatique.

— Je crois que c'est l'heure du déjeuner, a dit Frank en regardant sa montre.

Il s'est dirigé vers le grand escalier, et je suis retourné dans notre cabine.

— Levé aux aurores, à ce que je vois! a dit mon père à mon arrivée.

Il était déjà habillé et il attendait ma mère.

En entrant dans la salle à manger, j'ai remarqué des gens qui mangeaient du poisson pour le déjeuner, et j'ai eu un haut-le-cœur. J'ai plissé le nez en lisant sur le menu qu'on avait le choix entre du hareng ou de l'aiglefin. J'ai plutôt choisi de prendre des fruits frais et du gruau Quaker, puis une omelette espagnole et des scones aux raisins avec de la confiture d'oranges.

Dès que j'ai eu fini, j'ai demandé à mon père si je pouvais aller promener Maxwell.

— Le chenil est sur le pont des embarcations, mais je ne sais pas où exactement, a-t-il dit. Je peux y aller avec toi après le déjeuner, si tu veux.

J'ai dit que je pouvais me débrouiller tout seul et je suis parti retrouver Max. Quand je suis arrivé sur le pont, il y a eu une éclaircie. J'ai longé le bastingage en tendant l'oreille pour entendre les aboiements venant du chenil. Un homme portant un tablier blanc est arrivé. Il transportait un seau rempli d'os, semblait-il.

Je l'ai suivi jusque derrière la quatrième cheminée. Il a ouvert une porte, et j'ai entendu les chiens aboyer à tue-tête. Il y avait des rangées de cages occupées par des chiens de toutes les races. Maxwell m'a tout de suite vu, et il s'est mis à sauter et à aboyer. L'homme au tablier blanc a déposé son seau rempli d'os, et les chiens ont aboyé encore plus fort.

— Ton chien est ici? m'a-t-il demandé avec un fort accent du Yorkshire.

— Oui. C'est celui-là, lui ai-je crié dans tout ce chahut en montrant Maxwell. Je voudrais l'emmener pour une promenade.

— Tu dois le demander au préposé, a-t-il dit. Moi je suis seulement le boucher. Je travaille aux cuisines et je leur apporte des os et des restes de table.

Le préposé est arrivé et il a déverrouillé la cage de Max. J'ai réussi à accrocher sa laisse à son collier au moment même où il bondissait vers la porte. Il était si excité de sortir du chenil qu'il m'a entraîné tout de suite sur le pont baigné de soleil, et j'ai dû courir pour le suivre. Finalement, j'ai réussi à l'arrêter contre le bastingage, à bâbord, et j'ai regardé s'il y avait une terre en vue.

— Un airedale-terrier! ai-je entendu quelqu'un s'exclamer. Bonjour, mon chien!

Un garçon s'est penché à côté de Max. Il l'a flatté et il l'a laissé lui lécher tout le visage.

— Nous avons un airedale chez nous, a-t-il dit.

Comment s'appelle-t-il?

— Maxwell, ai-je répondu. Ou simplement Max. Il comprend les deux.

— Maxwell, Maxwell, Max Max Max, a répété le garçon tout en enfouissant son visage dans le cou de Max. Tu es un très bon chien. Un bon chien. Oui, oui, vraiment!

Je me suis rendu compte que c'était le garçon que j'avais vu dans le jardin exotique, la veille au soir.

— Comment s'appelle ton chien? lui ai-je demandé.

— Nous l'appelons Otsie, a-t-il répondu.

— Otsie? ai-je dit. Drôle de nom!

— Nous l'avons eu près de notre maison d'été, au lac Otsego. Ma sœur a donc décidé de lui donner le nom du lac. J'ai trouvé ça idiot. Mais en le raccourcissant en Otsie, c'était pas mal. Et puis, maintenant, nous nous y sommes habitués.

— Je m'appelle Jamie Laidlaw, ai-je dit. Je viens de Montréal.

— Jamie le Canadien! a-t-il dit en se redressant pour me serrer la main. Je m'appelle John Ryerson.

— Johnnie le Yankee! ai-je répliqué.

Il a souri et m'a demandé :

— Parles-tu le français?

— Un tout petit peu.

— C'est toujours mieux que moi, a-t-il dit en éclatant de rire. Je ne connais pas un traître mot de français. Ma mère a une bonne française qui s'appelle Victorine. Je ne comprends rien de rien quand elle parle.

Johnnie a attrapé la laisse de Max et s'est mis à courir avec lui sur le pont en criant à tue-tête.

— Hé! ai-je crié en courant à sa suite.

Je l'ai retrouvé à bout de souffle près d'un des canots de sauvetage.

— Je voulais juste voir si Max était rapide, a-t-il dit avec un sourire.

— Tu n'es qu'un sale yankee voleur de chien! ai-je dit en lui donnant un coup de poing sur l'épaule.

Il m'a rendu le coup et m'a dit :

— Ah! Vous, les Canadiens, vous avez du chemin à faire avant de nous rattraper!

— Regarde, ai-je dit en montrant l'horizon par-dessus le bastingage. Terre en vue!

On distinguait à peine la silhouette de quelques collines dans le lointain.

— L'île d'Émeraude, a dit Johnnie. Dommage que nous n'y débarquions pas. Je ne suis jamais allé en Irlande.

Max s'est mis à aboyer et à tirer sur sa laisse. Il avait aperçu un autre chien, un autre airedale-terrier qui marchait à côté d'un homme très grand portant une grosse moustache noire. L'homme est venu jusqu'à nous, et les deux chiens se sont reniflés.

— Vous avez du goût pour les chiens, les garçons,

a-t-il dit. Comment s'appelle-t-il?

— Maxwell, ai-je répondu.

— Kitty, je te présente Maxwell, a dit l'homme à sa chienne.

Mais les deux airedales se sont mis à grogner, et leurs poils se sont hérissés. Ils semblaient prêts à se battre. L'homme a donc tiré sur la laisse de Kitty et il est reparti d'un pas rapide sur le pont.

— Tu sais qui c'était, Jamie? m'a demandé Johnnie quand l'homme a été reparti.

J'ai secoué la tête.

— John Jacob Astor, a-t-il dit

J'ai secoué la tête encore une fois.

— L'hôtel Waldorf-Astoria, tu n'en as jamais entendu parler? m'a-t-il demandé.

Cette fois, j'ai approuvé de la tête.

— Eh bien, il lui *appartient*! a continué Johnnie. Et aussi une bonne partie de la ville de New York. Mon père dit que c'est l'homme le plus riche des États-Unis.

— Eh bien nous, nous avons l'homme le plus riche du Canada à notre table, ai-je rétorqué. M. Molson possède un yacht privé, une banque et la brasserie Molson. Tu en as peut-être entendu parler?

— Ils ont servi de la bière hier, à midi, a ajouté Johnnie. J'ai demandé à en avoir, mais le steward a dit que j'étais trop jeune.

— Mon père serait en colère s'il m'attrapait à

boire de la bière, ai-je dit. À mon école en Angleterre, des garçons se sont fait renvoyer parce qu'ils étaient allés dans un pub. Les règlements sont très sévères dans les pensionnats anglais. Je suis bien content d'en être sorti.

— Jouais-tu au cricket? a demandé Johnnie.

— Oui, mais je n'y ai jamais rien compris, ai-je répondu. Le baseball me semble être un sport beaucoup plus sensé.

Quand je lui ai demandé où il était allé à l'école aux États-Unis, il a baissé les yeux et il a hésité quelques secondes avant de répondre : « Eh bien, euh... J'ai une tutrice, Mlle Bowen. Mais seulement parce que nous étions en voyage à l'étranger. D'ailleurs, elle est ici, à bord. »

Je me suis dit qu'avoir un tuteur et suivre ses cours à la maison devait être encore pire que d'aller dans un pensionnat anglais. J'ai donc décidé de changer de sujet de conversation en proposant de ramener Max au chenil. Après avoir remis Max dans sa cage et admiré les autres chiens, nous sommes descendus un étage plus bas, sur la promenade du pont A. À l'abri du vent derrière ses grandes baies vitrées, nous pouvions nous asseoir un peu plus confortablement.

En approchant de l'Irlande, j'ai pu voir ses côtes rocheuses et déchiquetées sur lesquelles les vagues venaient se briser. Il y avait aussi des anses sablonneuses, des caps et des collines vertes noyées dans les embruns.

— Regarde! Un château! ai-je dit en pointant le doigt vers une ruine au sommet d'une colline.

Peu après, nous avons senti le *Titanic* ralentir. J'ai demandé à un homme d'équipage si nous arrivions à Queenstown.

— Nous n'en sommes pas très loin, a-t-il répliqué. Mais nous devons faire monter le pilote du port, puis nous jetterons l'ancre au large de Roche's Point.

Sur le coup, je n'ai pas compris ce qu'il disait, à cause de son fort accent. Il a continué en nous expliquant que le pilote du port allait diriger le navire vers Queenstown où il pourrait jeter l'ancre au large du port.

Johnnie et moi avons regardé le pilote embarquer et, plus tard, nous avons aperçu le phare de Roche's Point, près de l'entrée du port de Queenstown. J'ai proposé à Johnnie d'aller dîner tôt. Nous sommes descendus à notre cabine, et j'ai demandé à mes parents s'il pouvait s'asseoir à table avec nous.

— J'ai une meilleure idée, a dit ma mère. Je vais demander au steward de vous apporter des sandwichs.

J'ai tout de suite accepté, car nous n'avions pas envie de perdre trop de temps dans la salle à manger. Et je ne voulais pas que le major Peuchen bombarde Johnnie de questions au sujet de sa famille. La famille de Johnnie semblait très riche. Le major voudrait tout connaître à son sujet.

Après avoir mangé nos sandwichs, nous avons enfilé nos manteaux et nous sommes vite retournés sur le pont des embarcations. Une navette, tout en bas, était chargée de sacs de courrier. Il y avait aussi des gens à son bord, qui attendaient pour monter sur le paquebot. Quelqu'un jouait de la cornemuse sur le pont de la navette.

Une autre navette arrivait du port. Son unique cheminée crachait de la fumée. Bientôt, une foule de passagers curieux se sont massés sur le pont du paquebot tandis qu'on déchargeait les sacs de courrier et qu'on faisait embarquer les nouveaux passagers par une passerelle tout en bas. Des marchandes de Queenstown sont aussi montées à bord. Elles offraient aux passagers d'acheter des pièces de dentelle irlandaise faites à la main. M. Astor négociait avec une marchande, puis il a sorti toute une liasse de billets pour lui acheter quelque chose.

Quand la dernière navette a été déchargée, j'ai proposé à Johnnie de descendre au pont D, car je voulais dire au revoir à Frank Browne et à Jack Odell. Nous avons retrouvé Frank et les Odell dans le jardin exotique. Frank m'a serré la main. Il m'a souhaité bonne chance et il a dit qu'il n'oublierait jamais ses deux journées passées à bord de ce splendide paquebot. Johnnie et moi sommes remontés sur le pont des embarcations pour saluer de la main Frank et les Odell, au moment de leur départ. J'ai souri quand j'ai aperçu Frank en train de prendre encore des photos depuis la navette.

Puis on a entendu le bruit de l'ancre qui remontait. Soudain, des cris perçants ont couvert ce vacarme. Des gens montraient du doigt la quatrième cheminée. Johnnie et moi avons levé la tête et nous avons éclaté de rire. Un homme au visage couvert de suie sortait du haut de la cheminée. C'était un des chauffeurs qui avait grimpé l'échelle à l'intérieur de la cheminée pour prendre un peu d'air frais. Visiblement, certains passagers ne savaient pas que la quatrième cheminée était fausse et ne servait qu'à la ventilation.

— Il m'a fait si peur! a dit une dame avec un accent britannique impeccable. J'ai cru voir le Diable en personne!

Nous avons tous les deux éclaté de rire encore une fois. « J'ai cru voir le Diable en personne! » allait devenir notre réplique préférée, à Johnnie et à moi.

Le *Titanic* a quitté le port en longeant la côte sud de l'Irlande. Ses cheminées crachaient de la fumée. Johnnie et moi, nous nous sommes promenés sur le pont avec Maxwell, tout en admirant le paysage. Au bout de quelques heures, nous avons quitté la côte et nous sommes passés devant un grand phare blanc perché sur un petit promontoire rocheux, à la pointe sud de l'Irlande. Le paquebot a alors mis le cap sur l'ouest pour entreprendre la traversée de l'Atlantique. Le soleil était bas à l'horizon quand j'ai encore entendu le son de la cornemuse. Le musicien de Queenstown se tenait à la poupe du *Titanic*. Il regardait son Irlande natale qui disparaissait à l'horizon et qu'il ne reverrait peut-être jamais. Il l'a saluée en jouant un air de chant funèbre. Des goélands tournoyaient dans le ciel tandis que les vertes collines continuaient de rapetisser jusqu'à disparaître complètement dans le brouillard.

# CHAPITRE QUATRE
# EN MER
*Samedi 13 avril 1912*

Le samedi, Johnnie et moi commencions à nous ennuyer sur le *Titanic*. Nous avions l'impression d'avoir fait toutes les activités qu'il y avait à bord. Nous avions promené Maxwell régulièrement sur le pont des embarcations. Nous avions essayé de jouer aux palets, mais sans en connaître les règles ni l'un ni l'autre. Vendredi matin, l'entraîneur de gymnastique nous avait mis à la porte du gymnase parce que nous faisions les guignols sur les appareils. J'avais essayé la bicyclette d'exercice. Johnnie était monté sur le chameau mécanique, un truc infernal qui vous remue dans tous les sens, censé être bon pour le foie! Johnnie s'était fait brasser en faisant semblant d'être un cheik d'Arabie qui crie des ordres à son chameau. Je le trouvais très drôle, mais l'instructeur, un Écossais court sur pattes et qui se prenait très au sérieux, est devenu rouge comme une betterave et nous a ordonné de sortir. Nous sommes descendus au bain turc et nous nous sommes étendus sur des chaises longues dans la salle décorée de faïences et de lustres en bronze. Charles Fortune et son père sont arrivés après leur partie de squash. Charles s'est joint à nous pour une baignade dans la piscine. L'eau de mer avait été chauffée légèrement. Elle n'était donc pas glaciale.

Mes parents semblaient parfaitement heureux de rester assis à lire dans le salon de la première classe et de se promener sur le pont. Ma mère était ravie que le temps soit doux et que la mer soit calme, car elle avait eu le mal de mer durant la traversée sur l'*Empress of Britain*. Tous les jours à midi, la distance parcourue était affichée près du bureau du commissaire de bord. Ainsi les gens se rassemblaient à cet endroit pour voir la progression. Au dîner du vendredi, le major Peuchen avait dit que J. Bruce Ismay, le directeur général de la White Star, lui avait confié que le *Titanic* donnait de bien meilleurs résultats que l'*Olympic* lors de sa traversée inaugurale.

\* \* \*

Samedi après le dîner, j'ai croisé Johnnie dans le jardin exotique. Il venait de fourrer dans sa poche une serviette de table remplie de je ne sais quoi.

— Des provisions pour plus tard? ai-je demandé.

— De quoi grignoter pour mon rat, a-t-il répliqué.

— Pour ton *quoi*? ai-je demandé.

— Mon rat, a-t-il répété comme si tout le monde en avait un. Tu veux le voir?

— Oh oui! ai-je répondu en me disant que Johnnie était le gars le plus surprenant que j'aie jamais rencontré.

— Mais ce sera notre secret, a-t-il chuchoté en entrant dans sa cabine. Mes parents ne sont pas au courant. Ni Mlle Bowen. Victorine le sait parce qu'elle était avec moi quand je l'ai acheté au marché, à Paris. Mais elle a promis de ne rien dire.

Johnnie a tiré une petite cage métallique de sous son lit. Quand il a soulevé le linge qui la couvrait, il y avait, comme prévu, un gros rat blanc avec une longue queue. Il était tranquille. Johnnie a versé de l'eau dans le petit bol de la cage.

— Lui as-tu donné un nom? ai-je demandé.

— Je l'appelle Rat, a dit Johnnie en le laissant manger une feuille de salade dans sa main.

En regardant le museau pointu au milieu de la face joufflue du rat, j'ai eu une idée.

— Sykes! ai-je dit. On pourrait l'appeler Sykes. Ton rat ressemble à un préfet que je détestais, à mon école.

— D'accord! Allons-y pour Sykes, a dit Johnnie tandis que son rat grignotait la salade dans sa main.

— Peut-être que Sykes aimerait voir la mer, non? ai-je demandé.

— Je crois qu'il n'a jamais vu la mer, a dit Johnnie avec un sourire. Il ne sait probablement même pas qu'il est sur un bateau. On va l'emmener se promener. Je vais le cacher dans ma poche jusqu'à ce que nous ayons semé ma famille.

Nous marchions sur la promenade du pont A en direction de la proue. Johnnie gardait sa main dans sa poche pour empêcher le rat de gigoter et de nous trahir.

— Oh! Beurk! s'est-il écrié tandis que nous approchions du bastingage de la proue. Sykes vient de *faire ses besoins* dans ma main!

— Oh non! ai-je dit en me retenant de pouffer de rire. Tiens! Tu peux nettoyer avec mon mouchoir.

Johnnie a essuyé sa main. Puis nous avons entendu un petit cri derrière nous. C'était la chienne de M. Astor qui griffait la jambe de Johnnie tandis que M. Astor tirait sur la laisse pour la retenir. Visiblement, Kitty avait senti la présence du rat. Sykes est sorti de la poche de Johnnie, il a sauté sur le pont du coffre avant et il a détalé le long du bastingage. Johnnie s'est lancé à sa poursuite.

— Attends! ai-je crié.

Je suis parti à sa suite en laissant M. Astor tout éberlué, qui retenait Kitty. Sykes se dirigeait vers les escaliers. Il est passé sous une barrière de métal au haut des escaliers. Johnnie a enjambé la barrière. Il a trébuché et il a déboulé l'escalier jusqu'à l'étage plus bas.

Sur un écriteau accroché à la barrière, on lisait : *Personnel autorisé seulement.* J'ai décidé de l'enjamber quand même. Quand je suis arrivé sur le pont du coffre, j'ai vu Johnnie accroupi qui cherchait autour d'une des énormes grues de manutention. Tout près, il y avait une écoutille recouverte d'une bâche. *Si Sykes s'est glissé là-dessous*, me suis-je dit, *nous ne le retrouverons jamais.*

— Le voilà! a crié Johnnie en montrant du doigt quelque chose devant lui.

Sykes était en train de grimper les marches qui menaient au gaillard d'avant, où se trouvait le mât de misaine. Sur le pont du gaillard, les chaînes des ancres étaient tendues entre deux gros bollards. Je savais que nous aurions de graves ennuis si nous montions là-haut, mais Johnnie grimpait déjà les escaliers quatre à quatre. Je l'ai donc suivi.

— Il peut être n'*importe où*, maintenant, ai-je dit en arrivant en haut des marches.

Pour voir de plus haut, Johnnie était en train d'essayer de grimper sur un des gros guindeaux ronds qui servaient à lever les ancres.

— Je pense que tu ne devrais pas… ai-je dit.

Une grosse voix m'a interrompu. Un officier en uniforme bleu fonçait sur nous.

— Descendez! a-t-il hurlé. Descendez de là! Tout de suite!

Johnnie a aussitôt sauté sur le pont. Nous nous sommes retournés vers l'officier. J'avais peur de ce qui allait suivre.

— À quoi jouez-vous, les gars? a-t-il crié.

Je me suis senti rougir jusqu'à la racine des

cheveux.

— Je cherchais, heu… mon animal de compagnie, a dit Johnnie très calmement.

— Ton animal de compagnie? a hurlé l'officier. Quel genre d'animal?

— Heu... c'est un… un…

— Un *hamster*, ai-je dit.

— Un *hamster*? a rugi l'officier. Êtes-vous devenus fous, les gars? Vous êtes montés ici pour retrouver un *hamster*? Vous auriez pu vous tuer!

— Nous sommes désolés, ai-je lancé. Nous ne savions pas…

— Suivez-moi, nous a-t-il ordonné. J'ai bien envie de vous emmener tous les deux chez le commandant.

Johnnie continuait de s'étirer le cou, à la recherche de Sykes, tandis que nous redescendions les escaliers avec l'officier sur les talons. Puis il nous a fait monter trois étages, jusqu'à la passerelle de navigation.

— Attendez-moi ici, a-t-il dit quand nous sommes arrivés devant la porte de la timonerie.

À l'intérieur, je l'entendais discuter avec un autre officier. Il est ressorti peu après et a déclaré :

— Nous allons rencontrer vos parents.

Nous nous sommes d'abord rendus à la cabine des Ryerson. Quand l'officier a frappé à la porte, une femme (Mlle Bowen, la tutrice de Johnnie, ai-je supposé), est venue répondre.

— Bonjour, madame, a-t-il dit. Je suis le

lieutenant Lightoller. J'ai pincé ce jeune polisson juché sur un guindeau. Les enfants n'ont pas à monter sur le gaillard d'avant. L'accès est strictement réservé au personnel. Ils auraient pu se blesser.

— Oh! John, comment as-tu pu faire ça? a dit Mlle Bowen. À quoi as-tu pensé? Dans un moment pareil, ta pauvre mère!

Johnnie a regardé le bout de ses chaussures.

— Je vous le laisse, madame, a dit l'officier Lightoller en la saluant d'un petit coup de casquette tandis que Johnnie entrait dans la cabine.

L'officier Lightoller me ramenait vers ma cabine lorsque j'ai vu mes parents dans le corridor. Ils revenaient d'une promenade sur le pont. Pas de chance! J'espérais qu'ils seraient au salon. Mon père a remarqué l'officier Lightoller. Il a aussitôt senti que quelque chose n'allait pas.

— Bonjour, mon lieutenant, a-t-il dit. Je vois que vous êtes accompagné de mon fils. Que se passe-t-il?

— Bonjour, monsieur, a répondu Lightoller. Nous l'avons retrouvé avec un autre gamin dans une zone réservée au personnel.

— Je vois, a dit mon père. Et ils ont fait des bêtises?

— Eh bien, j'ai surpris l'autre qui grimpait sur un guindeau du gaillard d'avant, a continué Lightoller.

— Dieu du Ciel, Jamie! s'est exclamée ma mère. À quoi as-tu pensé?

— Très bien, mon lieutenant, a dit mon père d'une voix posée dans le but de calmer ma mère. Merci de nous l'avoir ramené. Nous verrons à ce que cela ne se reproduise plus.

Il m'a fait signe d'entrer dans la cabine.

— Avec qui étais-tu? m'a demandé ma mère, une fois à l'intérieur.

— Avec Johnnie, ai-je répondu.

— Johnnie Ryerson? a dit ma mère, encore plus énervée. Oh! Jamie, comment as-tu pu? Sa pauvre mère! Comme si elle n'en avait pas déjà assez à endurer!

— Qu'est-ce qu'elle a, sa mère? ai-je demandé.

— Il ne te l'a pas dit? a-t-elle répliqué. Leur famille est en deuil.

Elle m'a alors raconté que le frère aîné de Johnnie était mort dans un accident de la route à Yale, pendant les vacances de Pâques.

— Les Ryerson ont appris la nouvelle à Paris. Ils retournent chez eux pour les funérailles, a expliqué ma mère.

— Tu n'as pas remarqué que son père portait un brassard noir? m'a demandé mon père.

— Je n'ai pas encore rencontré ses parents, ai-je répliqué.

— Bien sûr, ils ne se montrent pas beaucoup en public, a dit ma mère. Mais les gens vont jaser. Ils vont nous le reprocher, j'en suis sûre.

— Allons! Allons! Ma chérie… a dit mon père.

Mais ma mère l'a interrompu. Elle n'en avait pas fini avec moi.

— Ce petit Américain n'a aucune manière, a-t-elle dit d'un ton sec. Mais toi qui es allé dans une *bonne école* anglaise!

Mon père s'est tourné vers moi. Il a dit que j'avais beaucoup déçu ma mère et que c'était un gros péché. À partir de maintenant, j'étais donc « consigné au quartier », a-t-il déclaré, en utilisant une de ses expressions en usage dans l'armée britannique.

— Tu ne sortiras pas de notre cabine pendant tout le reste de la traversée, sauf avec nous, a-t-il dit tout en entraînant ma mère dans leur chambre.

Puis il a fermé la porte. Je me suis jeté sur mon lit et j'ai donné des coups de poing dans l'oreiller. Coincé dans ma cabine ou avec mes parents pour tout le reste de la traversée! Quelle horreur! Je ne reverrais probablement plus jamais Johnnie. Je me suis demandé pourquoi il ne m'avait rien dit au sujet de son frère. Je me sentais coupable d'avoir proposé d'emmener Sykes prendre l'air. Maintenant, Johnnie avait perdu son rat, et c'était entièrement ma faute.

J'ai fini par m'endormir. Je me suis réveillé au son du clairon venant d'en haut, sur le pont. Quelques minutes plus tard, j'ai entendu mes parents bouger dans leur chambre. Ils s'habillaient pour le souper. J'étais bien content que mon veston et ma cravate de l'école soient acceptés comme tenue pour moi, à la salle à manger, et de ne pas avoir à porter un smoking comme mon père.

— C'est l'heure de s'habiller, a dit mon père en passant la tête par la porte entrebâillée.

— Je n'irai pas manger, ai-je grommelé.

— C'est comme tu veux, a-t-il répliqué. Mais tu restes dans la cabine.

J'ai été enveloppé par le parfum de ma mère quand elle est sortie de leur chambre, somptueusement habillée. Elle avait même mis ses diamants et un petit diadème dans ses cheveux. Elle semblait presque soulagée que je ne descende pas à la grande salle à manger. J'étais donc vraiment en disgrâce! Après leur départ, j'ai entendu Rosalie qui refaisait leur chambre. Elle était probablement montée pour venir aider ma mère à s'habiller.

— On m'a dit que tu avais fait des bêtises, a dit Rosalie en entrant dans ma chambre.

— Il paraît que oui, ai-je répondu en soupirant.

— J'ai essayé de faire comprendre à ta mère que ce n'était pas bien grave, a-t-elle dit. Mais tu la connais! Je ne devrais pas dire ça, mais tu sais, elle a toujours peur de ce que les gens vont penser. Et il y a tant de gens riches sur ce paquebot.

— Oui, ai-je répondu. Pourtant, elle n'en reverra probablement aucun, quand nous serons de retour à Montréal.

Rosalie s'est dirigée vers la porte en promettant de me rapporter quelque chose à manger.

Elle est revenue environ une demi-heure plus tard avec un repas sur un plateau.

— Maintenant, je retourne terminer mon souper, a-t-elle dit en repartant.

J'ai mangé rapidement, puis j'ai regardé ma montre. Il restait encore au moins une heure avant que mes parents aient fini leur repas. Puis ils prendraient le café en écoutant l'orchestre. Ça me laissait un peu de temps. J'ai entrouvert la porte et j'ai vérifié dans le couloir. Personne! Je me suis rendu aux cabines des Ryerson, de l'autre côté du navire. Je me suis approché sur la pointe des pieds de la cabine de Johnnie et j'ai collé mon oreille contre la porte. Pas un son à l'intérieur. J'ai frappé, puis je suis allé me cacher dans un coin. Quelques minutes plus tard, Johnnie a passé la tête par sa porte entrebâillée.

— Hé! Johnnie! ai-je chuchoté. Tu es seul?

— La voie est libre, a-t-il dit. Tu peux entrer.

Je suis entré dans sa cabine et j'ai refermé la porte.

— Je suis désolé… ai-je commencé.

— Désolé de quoi? m'a-t-il interrompu.

— De nous avoir attiré des ennuis, ai-je répondu.

— Oh! Ça! Il n'y a pas de quoi s'en faire, voyons! Mlle Bowen n'a rien dit à mes parents pour ne pas les déranger. Je me suis fait engueuler par mes sœurs, mais je m'en fiche. Maintenant, je dois manger dans ma cabine, mais c'est bien mieux comme ça. Tiens! Prends un sandwich.

Et Johnnie a pointé un plateau déposé sur la table de toilette.

— Je suis désolé pour ton frère, ai-je dit. Je n'étais pas au courant.

— Oui, c'est horrible, a dit Johnnie, l'air triste. Je pense beaucoup à lui. Je l'imagine qui se fait éjecter de la voiture et qui retombe contre une clôture. C'est ce qui est arrivé, tu sais? J'espère seulement qu'il est mort sur le coup. Mais je ne peux pas être triste tout le temps! Tu comprends? Ma mère pleure à longueur de journée. Mes sœurs ont toujours la larme à l'œil. J'ai seulement besoin de m'amuser un peu. C'est pour ça que je ne t'en ai pas parlé.

— Je me sens coupable d'avoir perdu Sykes, ai-je dit. C'était stupide de l'emmener sur le pont et c'était mon idée.

— Oh! Ne t'en fais pas, a-t-il dit en haussant les épaules. Dis moi : est-ce que *tous* les Canadiens se confondent toujours en excuses comme toi?

— Peut-être, ai-je répondu avec un petit sourire. Mais j'ai intérêt à retourner dans mon cachot avant qu'on s'aperçoive que je me suis évadé.

— D'accord, a dit Johnnie. Tu es un bon gars. Laisse-moi d'abord vérifier qu'il n'y a personne aux alentours.

Il a passé la tête dans l'embrasure de la porte, puis

il m'a fait signe. J'ai filé dans le couloir jusque de l'autre côté du navire, puis vers ma cabine. Quelques minutes plus tard, j'ai entendu mes parents qui parlaient dans le couloir. J'ai tiré mes couvertures par-dessus ma tête et j'ai fait semblant de dormir. Quand ils ont été dans leur chambre et que tout a été tranquille, je me suis levé, je me suis brossé les dents, j'ai enfilé mon pyjama et me suis remis au lit. Je me suis vite endormi.

# CHAPITRE CINQ

## UN DIMANCHE BIEN TRANQUILLE

*Dimanche 14 avril 1912*

— Que dirais-tu d'aller chercher Max pour une promenade sur le pont? a proposé mon père après le déjeuner, dimanche matin.

— Tu as oublié, Henry? Nous devons assister à la messe à 10 h 30, lui a rappelé ma mère.

J'ai retenu un soupir. Une longue journée ennuyante m'attendait! Mes parents semblaient bien décidés à toujours m'avoir à l'œil. Au moins, Max était très content de me voir. Il s'était mis à gémir et à gratter la porte de sa cage dès qu'il nous avait vus dans le chenil, mon père et moi. Je me suis penché et je lui ai donné des bouts de saucisses que j'avais enveloppés dans ma serviette de table, au déjeuner. En arrivant sur le pont, il s'est mis à tirer sur sa laisse. J'ai donc marché plus vite, puis je me suis mis à courir derrière lui. J'ai salué mon père de la main, par-dessus mon épaule, très heureux d'avoir quelques minutes de liberté. Max a ralenti un peu quand nous sommes arrivés au niveau de la deuxième cheminée. La mer était encore très calme. Il n'y avait que de petites vagues et quelques moutons. Le *Titanic* naviguait à une bonne vitesse. Je me suis demandé si la distance parcourue aujourd'hui serait plus grande que celle d'hier.

J'espérais voir Johnnie sur le pont. Quand j'ai compris qu'il n'y était pas, j'ai décidé d'aller retrouver mon père. J'ai aperçu ce dernier contre le bastingage. Il écoutait, avec un petit groupe de personnes, un homme trapu qui gesticulait avec un gros cigare à la main. Il avait une barbe touffue qui lui donnait l'air de ne pas avoir de cou et il semblait plein d'autorité.

— Monsieur Hays, je vous présente mon fils James, a dit mon père.

M. Hays m'a rapidement salué d'un signe de tête, puis a continué son discours.

— Oui, le Château surpassera tous les hôtels d'Ottawa. Je dirais même qu'il sera encore plus luxueux que le *Titanic*, n'est-ce pas, Payne? a-t-il précisé en se retournant vers le jeune homme qui se tenait à son côté.

— Oh! Oui, monsieur! a répondu Payne.

— Nous l'avons appelé le Château Laurier, en l'honneur de Wilfrid Laurier, vous savez, a déclaré M. Hays, rempli de fierté.

Mon père a approuvé de la tête. Il avait toujours été un fidèle partisan du premier ministre Wilfrid Laurier.

— Il y aura une grande cérémonie inaugurale, à notre retour, a continué M. Hays. Et mon ami,

M. Chevré, qui est sculpteur, pourra y apprécier la présence de son premier buste de Laurier, exposé dans le hall.

M. Chevré regardait la mer tout en fumant une cigarette française qui empestait. Il s'est retourné et nous a salués de la tête. Il avait vraiment l'air du parfait artiste français, avec son petit bouc et son grand chapeau de feutre.

— Magnifique! a dit mon père en regardant sa montre. Malheureusement, nous devons vous fausser compagnie afin de rejoindre mon épouse pour la messe du dimanche.

Nous avons serré la main de tout le monde, puis nous sommes partis vers le chenil avec Max.

— Tu connaissais déjà M. Hays? ai-je demandé.

— Oui, a répondu mon père tandis que nous nous dirigions vers le grand escalier. M. Hays est le président de la compagnie des chemins de fer *Grand Trunk*. Un client très important de notre banque. Son jeune assistant, Vivian Payne, a perdu son père quand il était tout jeune. M. Hays l'a plus ou moins adopté.

J'étais content de ne pas avoir à travailler pour M. Hays. Et j'étais aussi très content de ne pas m'appeler Vivian!

Quand nous sommes arrivés à notre cabine, ma mère était déjà habillée pour aller à la messe et elle nous attendait. J'ai enfilé mon veston et ma cravate de l'école, et j'ai suivi mes parents jusque dans la salle à manger. Un bon nombre de personnes étaient déjà assises dans des fauteuils placés au centre de la salle. Le commandant Smith se tenait debout devant un lutrin, avec le piano derrière lui. Nous nous sommes assis sur un des côtés, vers l'arrière.

J'ai cherché des yeux Johnnie et sa famille. Je les ai aperçus dans la deuxième rangée de l'autre côté de la salle. Son père et lui portaient tous les deux des brassards noirs, et ses sœurs étaient habillées en noir. Sa mère aussi, avec en plus le visage couvert d'un voile noir.

Le commandant Smith était très impressionnant, avec sa barbe blanche et son uniforme bleu, orné de boutons et de galons dorés sur les manches. Il nous a souhaité la bienvenue au nom de la White Star Line, puis il a lu les textes de la messe dans un livre qui était posé sur le lutrin. Ce n'était pas très différent des messes anglicanes que nous avions à l'école, sauf qu'il n'y avait pas d'enfants de chœur qui chantaient en latin. Quand le pianiste jouait les premières mesures d'un cantique, nous nous levions tous. Pendant qu'on chantait le dernier cantique, *O God Our Help in Ages Past*, j'ai aperçu quelque chose qui se déplaçait le long du mur. J'ai soulevé le carnet de chants devant mon visage et j'ai tourné la tête pour mieux voir. Les tables avaient été poussées contre un mur de la salle, et quelque chose bougeait dessous. Une petite face blanche pointait le bout de son nez de derrière un pied de table.

*Aïe! Sykes!* Mon cœur s'est mis à battre plus fort. Comment attraper Sykes sans causer tout un émoi? J'ai alors vu qu'un steward s'en était aperçu, lui aussi. Le steward s'est dirigé vers Sykes, et le rat s'est sauvé sous les tables. J'avais peur qu'une dame l'aperçoive et se mette à crier. Mais la messe s'est terminée à cet instant, et les gens se sont déplacés pour bavarder entre eux. Pendant que mes parents discutaient avec les Fortune, je me suis glissé jusqu'aux Ryerson. J'ai attrapé Johnnie par le poignet et lui ai chuchoté : « Sykes! Là-bas, près du mur! » J'ai pointé le menton dans la direction où je l'avais vu. Johnnie a écarquillé les yeux et m'a fait un petit signe de tête. Mlle Bowen m'a regardé d'un air sévère. J'ai battu en retraite et je suis retourné auprès de mes parents avant qu'ils s'aperçoivent de mon absence.

Quand nous sommes retournés dans la salle à manger pour le dîner, j'ai regardé partout pour voir si Sykes y était encore, mais non. Pendant le dîner, le major Peuchen nous a raconté qu'il avait envoyé un message radio à sa femme à Toronto et que c'était vraiment une « merveille des temps modernes » de pouvoir le faire depuis un navire au beau milieu de l'océan.

— Ce n'était pas donné, cependant, a-t-il ajouté. La compagnie Marconi doit en tirer un joli profit!

— Oh, Henry! a dit ma mère. Nous devons absolument en envoyer un à Arthur! « Salutations depuis le *Titanic*, au milieu de l'Atlantique », ou quelque chose du genre.

— C'est très facile! ai-je dit. On donne son message au bureau des renseignements, et il est envoyé par pneumatique jusque dans la cabine radio.

— Jamie! a dit ma mère. Comment le sais-tu?

— J'y étais! ai-je répliqué, l'air décontracté. Avec le père Browne, quand il a pris des photos de la cabine radio. Avant qu'il débarque à Queenstown.

— Bon! Je vois que tu as fait le tour du navire, a répliqué mon père, une pointe de reproche dans la voix.

Après le dîner, mon père et moi sommes allés au pont C pour envoyer le message radio à mon frère. Arthur était de huit ans mon aîné et il travaillait déjà à la Banque Impériale de Montréal. Je savais que mon père était content du choix de carrière de mon frère.

En approchant du bureau du commissaire de bord, nous avons vu des gens rassemblés afin de voir sur le tableau d'affichage la distance parcourue. J'ai regardé moi aussi.

— Nous avons fait 546 milles marins depuis samedi midi! ai-je annoncé. C'est encore mieux que les 519 milles d'hier.

Il a approuvé de la tête. Nous sommes entrés dans le bureau du commissaire et nous avons trouvé le guichet des renseignements. Le coût était de 12 shillings et 6 pence pour un message radio de 10 mots, puis de 9 pence pour chaque mot supplémentaire. Mon père a donc écrit un court message : *Salutations du Titanic. À NY mercredi. Montréal jeudi. Papa.*

— Remontons sur le pont promenade, ai-je dit quand nous avons eu fini.

Je me suis dit que je tomberais peut-être sur Johnnie là-haut. Je me suis aussi dit que je pourrais jeter un coup d'œil dans la cabine radio, au cas où je verrais notre message arriver par le pneumatique.

Nous marchions vers la proue. Je me suis mis à courir en direction de la cabine radio.

— On va voir s'ils ont reçu notre message! ai-je dit.

— Attends, Jamie. Je ne pense pas… a commencé à dire mon père.

Mais j'étais déjà en train d'ouvrir la porte. À l'intérieur, le bureau était occupé par le jeune opérateur radio que Frank Browne avait pris en photo.

— Pas maintenant, mon gars! Trop occupé! a-t-il dit d'un ton sec.

J'ai aperçu une grosse pile de messages sur son bureau. Un bon nombre de cylindres attendaient encore dans la corbeille, sous le pneumatique.

— Encore un avertissement de glaces! l'ai-je

entendu dire à son patron tandis que je refermais la porte.

— Ils sont trop occupés, ai-je dit à mon père.

— Oui. Ça ne m'étonne pas, a-t-il répliqué sur un ton indiquant clairement qu'il n'approuvait pas mon intrusion dans la cabine radio.

— C'est quoi, un avertissement de glaces? ai-je demandé.

— Un avertissement de glaces? a-t-il dit en levant les sourcils. Probablement un autre navire qui nous avertit qu'il y a des icebergs plus loin. On en voit souvent quand on traverse au printemps.

— Un iceberg! ai-je dit. J'adorerais en voir un. En as-tu déjà vu?

— Oh! Une ou deux fois, a-t-il répondu. Mais jamais de près.

J'aurais tellement aimé voir Johnnie pour lui raconter que nous verrions peut-être des icebergs. C'était quelque chose de vraiment extraordinaire. Je me suis dit que nous pourrions promener Max encore une fois sur le pont. Mais nous avons vu le préposé au chenil qui tenait un paquet de laisses dans chacune de ses mains : il promenait huit chiens sur le pont. Max était parmi eux, et aussi un beau bulldog anglais et un petit épagneul King Charles.

Le temps se rafraîchissait. Mon père a proposé que nous retournions dans notre cabine. J'étais d'accord, car je commençais à grelotter. J'ai continué ma lecture de *Capitaines Courageux*, de Rudyard Kipling jusque tard dans l'après-midi. Puis ma mère m'a interrompu lorsqu'elle a proposé d'aller prendre le thé au Café parisien tous ensemble.

— Nous n'y sommes pas encore allés, et l'endroit me semble charmant, a-t-elle dit. On se croirait à la terrasse d'un café à Paris. Ton père et moi allons souper tard, ce soir. Au restaurant Ritz, avec les Fortune. Le thé va nous aider à tenir jusque-là. Tu pourras manger dans ta chambre ce soir, si tu veux.

L'idée d'être assis à notre table habituelle avec le major Peuchen qui bavasse sans cesse ne m'enchantait pas. J'ai donc approuvé de la tête. Je pourrais peut-être sortir en cachette à l'heure du souper pour aller retrouver Johnnie et lui parler des icebergs.

En arrivant près de l'entrée du Café parisien, nous avons entendu des gens qui parlaient fort et qui riaient. Nous avons aperçu Charles Fortune et deux de ses sœurs devant la porte, et aussi un autre jeune homme. Quand ils nous ont vus, Ethel Fortune a crié :

— Nous venons de voir une souris. Incroyable!

— Mais Will l'a chassée, a ajouté Alice Fortune en se retournant vers le jeune homme à son côté.

— Ce n'était pas une souris, j'en suis sûr. C'était un rat, un rat blanc! a-t-il répliqué.

— Avec une longue queue dégueulasse, a ajouté Charles, ce qui a fait crier d'horreur ses sœurs.

Mais elles en faisaient un peu trop.

— Bonjour, a dit mon père aux Fortune, d'une voix posée. Heureux de voir que vous allez bien.

Personne n'a remarqué que j'étais devenu rouge comme une betterave à la mention du mot « rat ».

— William Sloper semble beaucoup s'intéresser à Alice Fortune, a dit ma mère à mon père, une fois assis à l'une des tables rondes du café. À ce qu'on m'a dit, ils se seraient rencontrés durant la traversée vers l'Europe, et il aurait pris une place à bord du *Titanic* exprès pour être auprès d'elle.

— Euh... oui, a dit mon père en regardant par-dessus le menu.

— La belle affaire!, a poursuivi ma mère. Il vit dans le Connecticut. Ça fait pas mal loin de Winnipeg...

Je ne prêtais pas vraiment attention à leur conversation. J'étais plutôt intéressé par les gâteaux et les pâtisseries qui étaient sur la desserte. Ils semblaient tous fabuleusement bons. Je me suis dit qu'ils devaient être irrésistibles pour Sykes, s'il était dans les environs. J'imaginais un gros rat blanc en train de se goinfrer de gâteaux, et tous les gens qui criaient. Ça m'a fait sourire.

— Tu as l'air de bonne humeur, Jamie, a dit ma mère.

— Oh! Je pensais à tous ces gâteaux, ai-je répondu.

Les murs du Café parisien étaient décorés de

lierre qui grimpait sur des treillis blancs. Par les fenêtres cintrées, je voyais la mer qui défilait, et j'avais l'impression que nous allions plus vite que d'habitude.

— Je crois que nous avons accéléré, ai-je dit à mon père.

— Oui, a-t-il acquiescé en regardant par la fenêtre. Ils ont probablement fait fonctionner une chaudière de plus.

— Je crois que nous allons avoir un magnifique coucher de soleil ce soir, a dit ma mère en regardant à l'horizon.

— Je ne pense pas que les gens vont vouloir aller le contempler sur le pont, a répliqué mon père. Le thermomètre descend rapidement.

Nous avons bu notre thé. Je me suis empiffré de choux à la crème et d'une tranche de gâteau Eccles. Puis ma mère a insisté pour aller jeter un coup d'œil au restaurant Ritz, situé juste à côté du café. C'était vraiment luxueux avec des colonnes sculptées et des lambris ornés de dorures. Le personnel préparait les tables pour le souper en mettant des nappes blanches et de petits vases à fleurs.

— Comme c'est joli, Henry! a dit ma mère. Je suis vraiment ravie que les Fortune nous aient invités à souper ici.

J'étais tout aussi ravi, car ce souper me laissait une soirée à moi tout seul. En plus, je me sentais un peu lourd, avec tout ce que j'avais mangé au Café parisien. Je n'aurais donc pas faim avant longtemps. En arrivant aux escaliers, j'ai dit à mon père :

— Je vais aller voir Max deux minutes.

— Euh... D'accord, a-t-il répondu d'un ton hésitant. Mais pas longtemps!

Il faisait très froid sur le pont des embarcations. Une ou deux personnes seulement étaient sorties pour voir le ciel tourner au rose. Il n'y avait aucun préposé au chenil. J'ai donc seulement passé quelques minutes auprès de Max. Puis je me suis dirigé vers la proue. Là, j'ai regardé en bas, en direction du gaillard d'avant où Johnnie et moi nous étions fait pincer par le lieutenant Lightoller. Tout en haut du mât, dans le nid-de-pie, je pouvais voir la vigie à son poste, qui scrutait l'horizon à la recherche d'icebergs. Je suis retourné vers les escaliers et je suis descendu sur le pont C. Au lieu de me diriger vers notre cabine. J'ai décidé d'aller voir si Johnnie était là. J'ai frappé à sa porte. C'est Mlle Bowen qui a ouvert.

— Johnnie est-il là? ai-je demandé.

Elle est allée le chercher et est restée à moins d'un mètre de nous afin d'écouter ce que nous disions.

— Mes parents vont souper au restaurant Ritz, ce soir, ai-je dit.

— Nous serons tous dans la salle à manger, a-t-il répliqué. Sauf ma mère et Emily – c'est ma sœur – qui va rester avec elle dans la cabine.

— Il paraît que nous verrons peut-être des icebergs bientôt, ai-je dit.

— Oui, j'ai entendu dire ça, moi aussi, a-t-il répondu. J'aimerais bien en voir un de près!

— Notre ami Sykes était au Café parisien, à l'heure du thé, ai-je ajouté.

— Vraiment? a dit Johnnie, l'air tout étonné. Il va vraiment partout. On m'a dit qu'il avait essayé tous les appareils du gymnase.

— Le chameau mécanique est son préféré, je crois, ai-je dit.

— Oui. Évidemment, le rameur d'exercice est trop difficile pour lui, avec ses petits bras tout maigres, a-t-il ajouté en s'efforçant de ne pas rire.

J'avais du mal à ne pas pouffer. Je l'ai donc vite salué de la main et je suis retourné dans notre cabine. Rosalie était occupée à habiller ma mère pour le souper. Elle m'a demandé ce que je voulais pour mon souper. Je lui ai répondu que j'avais bien mangé au thé et que je n'aurais pas faim avant un bon moment.

Quand Rosalie et mes parents ont été partis, je me suis étendu sur mon lit et j'ai lu un peu. Vers 20 h 30, j'ai ressenti un petit creux. C'est bizarre : quand on s'empiffre, on dirait qu'on a encore plus faim après. J'ai décidé de descendre à la salle à manger pour voir si je pouvais manger un peu, avant qu'il soit trop tard. Au moment où j'entrais dans l'énorme salle, quelqu'un m'a appelé. C'était Johnnie qui me faisait signe de venir le rejoindre à sa table.

— Je te présente ma famille, a-t-il dit quand je l'ai rejoint.

Il m'a présenté son père, puis sa grande sœur Suzette. Elle était dans la vingtaine. Il n'avait pas l'air gêné du tout. J'en ai conclu que Mlle Bowen ne l'avait pas dénoncé à son père. Mlle Bowen, qui était de l'autre côté de la table, m'a jeté un regard plutôt froid.

J'ai expliqué que mes parents soupaient au restaurant Ritz, ce soir-là.

— Nous t'aurions invité à te joindre à nous, Jamie, a dit M. Ryerson. Sauf que nous avons déjà presque terminé. Mais regarde, là-bas. C'est Jack Thayer. Il est seul à table parce que ses parents vont souper au Ritz eux aussi, ce soir. Viens, je vais te le présenter.

Impossible de protester! M. Ryerson m'a fait asseoir en face de Jack. Il a fait les présentations, puis il est retourné à sa table. Au début, Jack n'avait pas l'air enchanté de se trouver assis avec un jeunot comme moi (j'ai vite appris qu'il avait 17 ans). Mais après avoir un peu bavardé avec moi, ça allait mieux. Il avait déjà mangé du potage et une entrée. J'ai donc demandé qu'on me serve un bifteck en même temps que son canard rôti.

— Il paraît que nous pourrions voir des icebergs, ai-je dit tandis que nous attendions nos plats.

— Oui. Aujourd'hui, ma mère était assise sur le pont et M. Ismay lui a montré un message radio envoyé par un autre bateau pour avertir qu'il y avait des glaces.

— J'étais dans la cabine radio au moment où un message au sujet des glaces est arrivé, ai-je dit.

— Tu y étais? a répliqué Jack, étonné. Comment as-tu fait?

— Euh… ai-je dit, l'air décontracté. J'ai rencontré l'opérateur radio au début de la traversée.

Jack m'a regardé d'un air dubitatif, mais je ne lui ai pas donné plus d'explications. Il m'a dit que sa famille était voisine des Ryerson, dans la ville d'Haverford, près de Philadelphie. Je lui ai raconté quelques anecdotes du collège de Winchester, et il a bien ri. Puis il m'a dit qu'il était allé dans un pensionnat anglais, lui aussi.

— Mais mon école me semble pas trop mal, comparée à la tienne, a-t-il ajouté avec un petit sourire.

Quand nous avons eu fini de manger, il ne restait plus grand monde dans la salle. J'avais l'impression que les stewards avaient hâte d'avoir fini de tout nettoyer. Jack et moi avons décidé de nous rendre au jardin exotique pour y prendre le dessert. Je me suis dit que j'aimais bien ce Jack Thayer. Il n'était pas compliqué et il avait le rire facile. Quand nous sommes entrés dans le jardin exotique, les Ryerson en repartaient. Johnnie nous a vus, et il est venu me retrouver.

— Sykes est revenu! m'a-t-il dit en se dépêchant de retourner auprès de sa famille.

— Sykes? Qui est-ce? m'a demandé Jack.

— Oh! Une de nos connaissances, ai-je répliqué, en me disant que Jack penserait sans doute qu'un rat apprivoisé, c'était pour les petits garçons.

Mais j'étais content que Johnnie ait réussi à le rattraper.

Il y avait encore beaucoup de monde assis autour des petites tables rondes du jardin exotique. L'orchestre jouait. Jack et moi avons fait le tour sans pouvoir trouver une table libre. Puis nous avons repéré un jeune homme qui était assis seul. Il nous a fait signe de venir le rejoindre. Il nous a serré la main et nous a invités à nous asseoir.

— Bonsoir! Je m'appelle Milton Long, a-t-il dit.

Jack et moi nous sommes présentés, et l'instant d'après nous parlions de ski. Milton venait de Springfield, au Massachusetts. Il était allé récemment en Suisse pour faire du ski. Jack était déjà allé en Suisse, lui aussi. Ils ont échangé des propos sur leur merveilleuse expérience de ski là-bas. J'allais leur demander s'ils avaient déjà skié dans les Laurentides. Puis je me suis ravisé, car après tout il n'y a probablement pas de comparaison possible entre les Alpes et les Laurentides.

— J'avais envie de faire la piste Cresta Run, a précisé Milton. Mais je me suis dit que mes parents n'avaient qu'un seul fils!

En voyant mon air interrogateur, Milton m'a expliqué que la Cresta Run était une piste de bobsleigh célèbre mais dangereuse, car il fallait la descendre à plat ventre, tête première.

— Évidemment, je n'ai pas dit non plus à mes parents que j'avais fait naufrage en Alaska, a-t-il ajouté.

— Naufrage? nous sommes-nous exclamés en chœur, Jack et moi.

— Oh! Ce n'était pas si excitant que ça, a-t-il avoué. J'étais dans un petit bateau à moteur qui s'est échoué sur des rochers. Comme il penchait d'un côté, j'ai réussi à sauter sur le haut fond puis, en sautant de rocher en rocher, à me rendre jusqu'au rivage. Je me suis juste mouillé les pieds!

Je me sentais vraiment comme un enfant, en écoutant parler Jack et Milton. Milton avait voyagé partout, semblait-il. À un moment donné, il nous a demandé de deviner son âge. J'ai dit 22 ans, et Jack, 26. Milton nous a dit qu'il en avait 29. Je me suis senti rassuré : il avait plus de deux fois mon âge!

Jack a demandé à Milton s'il avait collectionné les timbres au cours de ses nombreux voyages. C'était le passe-temps favori de Jack. Il y avait un club de philatélie à mon école, mais ça m'avait toujours semblé mortellement ennuyeux. J'ai fini par être fatigué d'entendre Jack et Milton parler de timbres. Puis

Jack a aperçu ses parents qui descendaient l'escalier. Ils avaient terminé leur souper. Oups! me suis-je dit, en me rappelant que j'étais censé avoir passé toute la soirée dans ma chambre! J'ai vite serré la main à Milton et Jack, je les ai remerciés de leur compagnie et je me suis dépêché de remonter le grand escalier jusqu'au pont C. Quand mes parents sont rentrés de souper, ils m'ont trouvé étendu sur mon lit, en train de lire.

## CHAPITRE SIX
# L'ACCIDENT

*14 avril 1912, 23 h 40*

Je m'étais endormi le livre à la main. À moitié réveillé, je me suis assis et j'ai rangé mon livre dans la table de chevet en bois, à côté de mon lit. Puis je me suis retourné pour éteindre la petite lampe murale. Au même moment, son abat-jour de verre s'est mis à vibrer. Puis, toute la cabine a bougé, comme si nous venions de frapper une énorme vague. J'ai alors entendu un long grincement sourd. Je me suis réveillé pour de bon. J'ai sauté en bas de mon lit et j'ai ouvert le hublot. En bas, l'océan était parfaitement calme. Les étoiles scintillaient sur sa surface noire comme de l'encre. Quand je suis retourné dans mon lit, j'ai remarqué que les moteurs s'étaient arrêtés. Le silence était étrange. Je m'étais habitué à leur ronronnement. Puis j'ai entendu des voix et des bruits de pas dans le corridor.

*Ce n'est pas normal*, me suis-je dit. J'ai mis mes pantoufles et j'ai traversé ma chambre pour récupérer mon pardessus. De la lumière passait sous la porte de la chambre de mes parents.

— Jamie! Tout va bien? a dit mon père d'une voix

endormie.

— Je vais juste voir pourquoi le paquebot s'est arrêté, ai-je répondu.

— Attends! a-t-il dit. Je t'accompagne.

— Ce n'est pas nécessaire, ai-je répliqué. Je vais me débrouiller.

— Attends-moi! J'arrive tout de suite, a-t-il rétorqué.

J'étais agacé. Quand même : je pouvais monter sur le pont tout seul! Mon père est apparu vêtu de son manteau et de son chapeau melon noir. Il avait mis ses chaussures, mais je pouvais voir les jambes de son pyjama rayé qui dépassaient de son pardessus. Tout était calme dans le corridor tandis que nous marchions vers le grand escalier. En montant vers le pont A, nous avons rencontré M. Hays et un jeune homme qui était son gendre, ai-je appris par la suite. Tous deux étaient encore en habit de soirée. Hays avait son éternel cigare à la main.

— Bonsoir, Laidlaw! a-t-il dit à mon père. Nous avons heurté un iceberg. Mais c'est fini. Rien d'inquiétant! Vraiment pas! Il y a de la glace qui flotte sur l'eau, si vous voulez voir.

Il pointait avec son cigare en direction de la promenade. Nous marchions sur le pont A quand mon père m'a dit tout bas : « Hays et sa famille font la traversée à l'invitation de M. Ismay. Je suppose qu'il sait ce qu'il dit. »

— Avez-vous vu la glace? a demandé un homme à la barbe grise qui se tenait contre les fenêtres de la promenade.

En regardant bien, nous avons reconnu le major Peuchen. Il nous a entraînés jusqu'au bout de la promenade, et il a pointé du doigt vers le bas. Nous avons regardé, mais nous n'avons pas vu de glace à la surface de l'eau.

— Eh bien! Il y en avait il y a deux secondes, a-t-il dit. J'ai très bien vu.

J'ai continué d'avancer sur la promenade, je me suis penché sur le bastingage et, comme de fait, des morceaux de glace blanchâtre flottaient à la surface de l'eau noire.

— Oui! Il y en a ici, ai-je dit en faisant signe à mon père et au major Peuchen de venir voir.

Nous avons entendu des cris qui venaient des ponts inférieurs, derrière nous. Nous sommes revenus sur nos pas. Nous nous sommes penchés sur le bastingage pour voir ce qui se passait sur le pont en creux de la poupe. Des gars de la troisième classe jouaient au soccer avec un bloc de glace. Chaque fois qu'ils le frappaient du pied, des éclats s'en détachaient.

— Aïe! Mon pied! ai-je entendu crier une voix à l'accent irlandais.

Un garçon sautillait à cloche-pied après avoir frappé le bloc de glace un peu trop fort.

— Des morceaux de l'iceberg sont retombés sur

le paquebot, au passage, a dit le major Peuchen.

— Il était vraiment gros? a demandé mon père.

— Oui, pas mal gros, a répondu le major. Des types qui étaient dans le fumoir l'ont vu au passage et ils ont cru que nous étions entrés en collision avec un grand voilier.

Puis il a dit : « Oh! On dirait que nous gîtons! Ce n'est pas normal! »

Il tendait le bras, paume vers le bas.

— Je crois que nous gîtons à tribord! a-t-il ajouté.

Mon père et moi avons fait comme le major Peuchen. Nous n'avons pas senti le navire gîter, ni à tribord ni à bâbord.

— Eh bien, Jamie! a dit mon père en se retournant vers moi. Je crois que nous devrions aller retrouver ta mère.

Nous avons souhaité bonne nuit au major Peuchen et nous nous sommes dirigés vers le grand escalier.

— Peuchen est un marin, a dit mon père tandis que nous redescendions vers notre pont. Mais, à mon avis, il ne connaît pas bien les bateaux à moteur.

Quand nous sommes arrivés dans notre cabine, ma mère nous a accueillis en peignoir.

— Le steward vient tout juste de passer, à cause de l'iceberg, nous a-t-elle raconté d'un ton agacé. Il dit que nous devons mettre nos gilets de sauvetage et monter sur le pont. Est-ce *vraiment* nécessaire, Henry?

— Par pure précaution, j'en suis convaincu, a répondu mon père. Nous venons de rencontrer Peuchen sur le pont. Selon lui, nous gîtons à tribord.

— Oui, a dit ma mère en se retenant de pleurer. Il sait ce qu'il dit, n'est-ce pas?

On a frappé autoritairement à notre porte. C'était un steward, mais pas le même que d'habitude. Il tenait un gilet de sauvetage à son bras.

— Tout le monde doit se rendre sur le pont des embarcations, a-t-il dit d'un ton sec. Habillez-vous chaudement et mettez vos gilets de sauvetage. Si vous avez besoin d'aide pour les mettre, n'hésitez pas à en demander.

Mon père l'a regardé froidement. Il était visiblement agacé qu'un steward lui parle sur ce ton.

— Est-ce *vraiment* une urgence? a-t-il demandé. N'est-ce pas un simple exercice?

— Rien d'inquiétant, Monsieur, a dit le steward. Je vous transmets simplement les ordres que j'ai reçus. Mais d'après ce que j'ai entendu, ce n'est pas un exercice.

Il est reparti et, deux secondes plus tard, nous l'avons entendu frapper à la porte voisine.

Quand mon père a refermé la porte, j'ai remarqué pour la première fois un brin d'inquiétude sur son visage. Un frisson a parcouru mon dos de haut en bas. Ça devenait vraiment excitant! Je m'imaginais avec une histoire encore plus intéressante à raconter aux garçons du collège Bishop. J'ai retiré ma valise de sous mon lit et je me suis mis à fouiller dedans, à la recherche de vêtements chauds.

On a frappé à la porte. Rosalie est entrée, portant son gilet de sauvetage par-dessus son manteau.

— Il y a eu une collision, a-t-elle dit.

— Oui, avec un iceberg, ai-je répliqué. Mais rien de grave, semble-t-il.

— Je n'en suis pas si sûre, a-t-elle dit. En bas, on l'a vraiment senti. Et j'ai entendu dire par un steward qu'on retire les sacs de la salle des postes, car elle est inondée.

— Oui, Rosalie, a dit mon père. Mais je suis certain qu'il n'y a pas de quoi s'inquiéter. Nous devons nous rendre sur le pont des embarcations, mais c'est par pure précaution.

Il avait parlé avec sa plus belle voix d'homme qui a l'habitude de prendre les choses en main. Rosalie est entrée dans la cabine de mes parents. De mon côté, j'ai mis la main sur un gros chandail bien chaud, à porter sous mon manteau et le gilet de sauvetage. Tout en m'habillant, je pensais à ce que le major Peuchen avait expliqué à propos des compartiments étanches du *Titanic*. Ils allaient sûrement empêcher le navire de couler. Et il y avait probablement d'autres bateaux dans les parages. Ils viendraient à notre rescousse. Comment une chose pareille avait pu arriver à un paquebot tout neuf? Quelle malchance!

# CHAPITRE SEPT

# LES CANOTS DE SAUVETAGE

*15 avril 1912, 0 h 35*

Tandis que nous nous dirigions vers le grand escalier, j'ai aperçu les Fortune dans le corridor, devant nous. M. Fortune semblait deux fois plus gros que d'habitude, car il portait son énorme manteau de fourrure laineuse sous son gilet de sauvetage. Devant les escaliers, il s'est retourné pour laisser passer sa femme et ses filles, et il nous a aperçus.

— Henry! a-t-il lancé à mon père. Voilà que j'ai enfin trouvé une utilisation pour mon manteau de bison qui a tant fait rire tout le monde!

— Personne ne dira jamais que les Canadiens ne savent pas s'habiller pour les grands froids! a répliqué mon père tandis que nous descendions le grand escalier derrière lui.

Quand nous avons passé la porte donnant sur le pont des embarcations, les conversations ont cessé à cause de la vapeur qui faisait un bruit d'enfer en remontant par les canalisations à l'intérieur des cheminées. Je me suis alors dit qu'il fallait une quantité phénoménale de vapeur pour faire fonctionner les machines du *Titanic*. Le lieutenant Lightoller criait des ordres depuis les bossoirs de bâbord, tentant de se faire entendre malgré tout le vacarme. Les bâches qui recouvraient les canots de sauvetage avaient été retirées. Un canot avait déjà été passé par-dessus le bastingage. Allaient-ils vraiment nous faire tous monter dans les canots? En regardant à l'horizon, j'ai aperçu les lumières d'un autre navire. Il semblait n'être qu'à quelques kilomètres de distance. On allait peut-être y emmener les femmes et les enfants à bord des canots, par pure précaution?

Soudain, le bruit fait par la vapeur a cessé. Le lieutenant Lightoller a demandé qu'on lui donne un coup de main. Le major Peuchen s'est avancé d'un pas, avec son gilet de sauvetage passé par-dessus son manteau. On pouvait toujours compter sur le major Peuchen, ai-je pensé. L'instant d'après, il allait sûrement donner des ordres à Lightoller. Pourtant, le major a obéi aux ordres de Lightoller. Il a aidé à retirer du canot un mât avec sa voile enroulée tout autour. Puis j'ai entendu des voix venant du pont en dessous. Lightoller s'est penché sur le bastingage pour écouter ce qu'on disait.

— Les fenêtres sont verrouillées ici, en bas! a crié un homme d'équipage.

Lightoller a répondu en criant qu'il enverrait quelqu'un les déverrouiller. Apparemment, il avait fait descendre le premier canot de sauvetage au niveau du pont A, en pensant que ce serait plus facile pour les passagers d'embarquer à partir de là. Mais il avait oublié qu'il y avait des fenêtres sur le pont A.

J'ai entendu une autre grosse voix crier tout près. Je me suis retourné et j'ai vu que c'était M. Hays. Il parlait à mon père.

— Je vais miser sur ce grand paquebot. Il peut tenir le coup pendant huit à dix heures au moins. On sera sûrement venu nous secourir d'ici là. D'ailleurs, il y a un autre bateau par là-bas, a-t-il dit en pointant à bâbord.

Le deuxième canot de sauvetage de bâbord était maintenant prêt à prendre des passagers, mais plusieurs femmes semblaient ne pas vouloir embarquer. Je les comprenais : on se sentait sûrement plus en sécurité sur le pont du *Titanic* que dans un canot qu'on fait descendre en pleine nuit jusqu'à la surface de l'océan. Plusieurs d'entre elles étaient accrochées au bras de leur mari.

— Les femmes et les enfants d'abord! a crié Lightoller. Les femmes et les enfants, s'il vous plaît, approchez-vous!

Quelques-unes ont fini par se décider à embarquer.

— Jamie et moi n'avons pas besoin de monter tout de suite, n'est-ce pas Henry? a demandé ma mère.

— Je ne pense pas qu'ils veulent de *moi* dans le canot, maman, ai-je protesté. Je ne suis plus un enfant!

— Nous allons obéir aux ordres et faire ce qu'on nous dit de faire, James! m'a dit mon père d'un ton très strict.

— Y a-t-il d'autres femmes prêtes à embarquer? a demandé Lightoller. Venez par ici s'il vous plaît.

Nous avons entendu un sifflement. C'était une fusée de détresse blanche qui fendait l'air. Puis elle a explosé en faisant un gros bang et mille étincelles.

— On ne lancerait pas des fusées de détresse si ce n'était pas grave, a dit une femme.

Le deuxième canot n'était pas encore plein, mais Lightoller semblait pressé de le faire mettre à l'eau.

— Très bien! a-t-il dit quand le bruit d'explosion de la fusée a été terminé. Mettez le canot à l'eau!

Deux marins qui se tenaient à chaque bout du bossoir ont commencé à le faire descendre. Avec des grincements et des soubresauts, il s'est mis à descendre, puis il s'est arrêté à la hauteur du pont C. Il semblait à moitié plein. Puis le marin qui était à la poupe du canot a crié qu'il avait besoin d'un deuxième rameur.

— Il me faut un deuxième marin pour ce canot! a crié Lightoller.

Personne n'a réagi. Les deux seuls hommes d'équipage en vue s'occupaient de faire descendre le canot.

— Un deuxième marin, s'il vous plaît! a répété

Lightoller.

— Je sais naviguer, a dit le major Peuchen en s'avançant d'un pas. Si ça vous convient.

— Si vous êtes assez bon marin pour descendre dans ce canot, allez-y, a répliqué Lightoller en pointant les câbles qui retenaient le canot.

Ils pendaient à environ trois mètres du bord du pont. Ce n'est pas moi qui m'y serais risqué.

— Vous feriez mieux de descendre à l'intérieur du paquebot et de briser une fenêtre vis-à-vis du canot, pour monter dedans, a dit quelqu'un.

Je me suis retourné et j'ai reconnu le commandant Smith.

— Je ne crois pas que ce soit possible, monsieur, a dit le major Peuchen.

Il s'est arrêté un instant au bord du pont, puis il s'est lancé dans le vide. Il a attrapé un des câbles dans ses mains et il l'a vite enroulé autour d'une de ses jambes.

— Bravo Arthur! a murmuré mon père tandis que le major descendait les huit mètres de câble qui le séparaient du canot.

— Il fallait du courage! ai-je dit tout haut, en me sentant coupable pour mon opinion du major.

— Oui! a approuvé M. Molson, qui se tenait tout près. Et il n'est plus tout jeune.

Quelques minutes plus tard, une seconde fusée de détresse a été tirée et a explosé en mille étoiles au-dessus des cheminées. L'autre navire à l'horizon allait sûrement la voir et revenir vers nous.

Quand le bruit de l'explosion s'est éteint, on a entendu des airs endiablés de ragtime. L'orchestre du paquebot jouait sur le pont, près du gymnase. Cette musique aux tonalités joyeuses a semblé remonter le moral de tout le monde. Lightoller appelait les femmes pour qu'elles embarquent dans un troisième canot. Encore une fois, plusieurs ne voulaient pas partir.

— Je crois que nous pouvons attendre encore un peu, a dit Mme Fortune à ma mère.

Je n'en étais pas convaincu. La proue du navire piquait visiblement du nez dans l'océan. Je sentais dans mes jambes l'angle qu'avait pris le pont. J'espérais que les compartiments étanches fonctionnaient correctement. Puis un autre air de ragtime m'a rassuré. Je me suis dit que tout allait bien.

Soudain, j'ai pensé à Johnnie. Je ne l'avais pas vu avec sa famille, sur le pont des embarcations. Étaient-ils déjà partis en canot? J'ai décidé d'aller vérifier de l'autre côté du pont. J'ai averti mon père et ma mère que j'allais me réchauffer quelques secondes dans le gymnase, puis j'ai couru jusqu'à tribord.

Quand j'y suis arrivé, deux officiers supervisaient la mise à l'eau des canots. Il y avait des hommes dans les canots, pas seulement des femmes et des enfants. Je me suis dit que les officiers de tribord n'étaient pas aussi stricts que Lightoller, car ils avaient laissé embarquer des hommes. Puis j'ai vu M. Hays qui se tenait à côté du bossoir. Il saluait de la main sa femme et sa fille qui étaient dans le canot. Son gendre était resté avec lui. M. Hays devait penser que c'était sécuritaire de rester sur le *Titanic*. Sinon il ne serait pas resté à bord.

J'ai marché sur le pont de tribord, en direction de la poupe, mais toujours aucun signe de Johnnie! J'ai donc décidé de retourner auprès de mes parents avant qu'ils ne s'inquiètent trop. En me retournant, j'ai aperçu Jack et Milton contre le bastingage, près de la troisième cheminée. J'ai agité les bras pour attirer leur attention, mais ils ne m'ont pas vu. Je suis vite allé rejoindre mes parents. Quand je suis arrivé à bâbord, on chargeait un quatrième canot. Le commandant Smith était là. Il tenait un porte-voix.

— Montez, mesdames! criait-il. Allons, mesdames, je vous en prie!

Un vieux couple s'est approché du canot. Le mari a aidé sa femme à embarquer, puis il a voulu monter lui aussi.

— Pas les hommes, monsieur! a crié Lightoller. Seulement les femmes et les enfants!

— Je suis sûr que personne n'a d'objection à ce que ce monsieur monte avec sa femme, a dit quelqu'un.

— Les femmes et les enfants seulement! a répété Lightoller avec autorité. Ce sont mes ordres!

La femme s'est mise debout dans le canot et a fait signe qu'elle voulait débarquer. Des hommes se sont avancés pour la soulever et la redéposer sur le pont. Elle a pris son mari par le bras.

— Nous vivons ensemble depuis trop longtemps pour que je te quitte maintenant, l'ai-je entendue lui dire. Où que tu ailles, je reste avec toi!

Et ils sont partis se promener sur le pont, bras dessus bras dessous.

Le commandant Smith donnait des ordres au marin qui était à la poupe du canot.

— Ramez jusqu'à l'autre navire, disait-il en pointant les lumières qu'on voyait à l'horizon. Débarquez les passagers, puis revenez en chercher d'autres.

Les deux marins ont commencé à faire descendre le canot. J'ai senti ma mère frissonner à mon côté. Je lui ai proposé de venir se réchauffer avec moi dans le gymnase.

Papa et Rosalie nous ont suivis. À l'intérieur, quelques personnes étaient assises sur les appareils. Était-ce vraiment deux jours plus tôt, qu'un entraîneur rouge de colère nous avait fichus à la porte, Johnnie et moi?

On entendait encore les musiciens qui jouaient devant les fenêtres du gymnase. Au bout d'environ cinq minutes, nous sommes retournés sur le pont. Un homme coiffé d'un chapeau melon est sorti par la porte de la première classe. J'ai reconnu M. Andrews, l'Irlandais qui nous avait montré les cabines de la troisième classe, le jour du départ. Il s'est dirigé tout droit vers moi, il a posé sa main sur mon épaule et il m'a entraîné à l'écart des musiciens.

— Les femmes *doivent à tout prix* embarquer dans les canots le plus vite possible, m'a-t-il dit. Il ne faut pas attendre une seconde de plus. Il faut partir!

Puis il est reparti vers d'autres passagers pour leur faire passer le même message.

— Qui est-ce? a demandé ma mère, tout étonnée.

— C'est M. Andrews, ai-je dit, très énervé. C'est lui qui a supervisé le tracé des plans du paquebot. Il sait ce qu'il dit!

Pour la première fois, j'ai vraiment lu de l'inquiétude dans les yeux de mon père. La pente du pont était de plus en plus à pic.

Nous nous sommes précipités vers le canot dans lequel le lieutenant Lightoller faisait embarquer des passagers. Ça allait beaucoup plus vite que pour les canots précédents. Charles Fortune aidait une de ses sœurs à monter. Sa mère, la bonne et deux autres de ses sœurs étaient déjà assises dans le canot. En nous apercevant, elles ont fait signe à ma mère qu'il y avait encore de la place près d'elles. Papa a aussitôt aidé Rosalie à embarquer, puis il s'est tourné vers ma mère. Mais je l'avais déjà prise par la main et je l'emmenais vers le canot.

Elle s'est assise à côté de Mme Fortune, puis elle m'a appelé.

— Jamie, viens toi aussi. *Il faut* que tu embarques!

— Pas les garçons, a dit d'une grosse voix le lieutenant Lightoller.

Je me suis senti rougir comme une betterave.

— Ne t'inquiète pas! Tout ira bien, lui ai-je crié tandis que le canot descendait. Je vais m'occuper de papa. On se rejoindra sur le navire qui nous emmènera à New York!

Je l'ai saluée de la main, et elle nous a regardés d'un air triste. Rosalie m'a souri en me saluant.

Tandis que le canot descendait, les femmes qui s'y trouvaient se sont mises à crier. Un homme pas très grand avait sauté dans le canot depuis le pont A. Des femmes lui parlaient durement. Il s'est fait une petite place sur un banc, tout recroquevillé. Mon père a secoué la tête en signe de désapprobation.

Il y avait maintenant une foule de gens sur le pont. L'atmosphère était nettement plus tendue. On faisait monter des passagers dans trois canots, à bâbord. J'ai vu un steward conduire un groupe de femmes et d'enfants de la troisième classe vers le canot qui était le plus près de moi. Je me suis rappelé le moment où j'étais ressorti des quartiers de la troisième classe avec Frank Browne et Jack Odell, le premier jour de la traversée. Les passagers auraient eu du mal à trouver leur chemin seuls, depuis là-bas jusqu'au pont des embarcations.

J'ai aperçu Johnnie et sa famille qui se dirigeaient vers nous à travers la mêlée.

— Johnnie! ai-je crié en agitant la main.

Il est vite venu me rejoindre.

— Nous avons attendu en bas sur notre pont, pendant une heure, et on veut nous faire embarquer dans un bateau comme ça? a-t-il dit en pointant vers le bossoir du premier canot de sauvetage, maintenant suspendu dans le vide. On dirait que personne n'a pu embarquer dedans.

Nous avons entendu du grabuge sur le pont. Nous nous sommes retournés pour voir ce qui se passait. Des hommes, en très grand nombre, se frayaient un passage vers un des canots. À côté, un officier criait, la main en l'air. Il tenait un revolver. Incroyable! Les gens étaient-ils si désespérés? Il a pointé le revolver vers le ciel et il a tiré deux coups en l'air. La foule a reculé.

— On dirait bien que les rats veulent quitter le bateau qui coule, a dit Johnnie. À propos de rats, je suis retourné dans ma cabine et j'y ai fait sortir Sykes de sa cage.

— J'ai pensé à Max, ai-je dit. Il doit être coincé dans le chenil. Il n'a aucune chance de s'en sortir si le navire coule…

— Mais le navire coule! m'a-t-il interrompu. Hé! Allons libérer les chiens. Il faut bien que quelqu'un s'en charge!

Je savais que mon père ne me le permettrait jamais. Je suis donc vite allé le voir pour lui dire que je retournais au gymnase pour me réchauffer une seconde. Il a approuvé de la tête. Puis Johnnie et moi avons avancé sur le pont qui, maintenant, penchait sérieusement.

— S'il vous plaît, retournez sur le pont A! a crié quelqu'un. Nous allons vous faire monter dans votre canot de sauvetage depuis le pont A!

Nous étions rendus un peu plus loin sur le pont des embarcations quand Suzette, la sœur de Johnnie, est arrivée. Elle a pris Johnnie par le bras.

— Nous devons redescendre un étage plus bas, John! a dit Suzette. Tu dois venir *tout de suite*! Maman était affolée quand elle a vu que tu n'étais pas là.

— Mais nous devons faire sortir les chiens…

— Les chiens! l'a-t-elle interrompu. Pas le temps! Et toi, tu devrais venir aussi.

— Mais mon chien est dans le chenil…, ai-je dit.

— Quelqu'un d'autre va s'en occuper! m'a-t-elle interrompu. Vous devez venir tous les deux tout de suite!

— Suis-nous Jamie! a dit Johnnie. Il y aura peut-être assez de place pour nous tous.

La pente du pont s'est encore accentuée. Quand j'ai regardé vers l'arrière, j'ai vu que le pont de poupe était maintenant plus élevé que là où nous étions. Je suis vite allé retrouver mon père. Il discutait avec M. Molson.

— Te voilà! a dit mon père. Je commençais à m'inquiéter.

— On nous a dit de descendre un pont plus bas, ai-je dit. Au moins, il y fera un peu plus chaud.

— Très bien! a-t-il répondu.

Il s'est retourné pour serrer la main de M. Molson, puis il est parti avec moi.

— On dirait bien que ce canot de sauvetage va être celui des millionnaires, a fait remarquer mon père tandis que nous descendions les escaliers derrière les Ryerson, les Astor et d'autres riches Américains.

Plusieurs femmes portaient un manteau de fourrure par-dessus leur robe de nuit. Quand nous sommes arrivés sur la promenade du pont A, j'ai vu que des chaises longues avaient été placées sous les fenêtres ouvertes afin de servir de passerelle pour monter dans le canot de sauvetage. Le lieutenant Lightoller a bondi et il a posé un pied sur le plat bord du canot et l'autre, sur l'appui d'une fenêtre. Des gouttes de sueur coulaient sur son visage, malgré le froid. Il avait enlevé son veston d'officier. Il portait un chandail marin bleu et un pantalon. Je voyais son pyjama qui dépassait, au bas de son pantalon.

— Approchez! a-t-il dit. Le canot est stable, maintenant.

M. Astor s'est avancé, avec sa jeune femme enceinte

à son bras. Elle était visiblement très angoissée. Il essayait de la rassurer en lui parlant doucement, à voix basse. Il l'a aidée à monter sur la passerelle faite avec une chaise longue, puis à passer par la fenêtre et à descendre dans le canot.

— Puis-je accompagner ma femme? a-t-il ensuite demandé à Lightoller en se tournant vers lui. Elle est dans une situation délicate.

— Non, Monsieur, a rétorqué Lightoller. Aucun homme dans ces canots tant que toutes les femmes ne seront pas embarquées.

— Quel est le numéro de ce canot? a demandé M. Astor.

— Le 4, a dit Lightoller.

Puis la famille de Johnnie s'est avancée. M. Ryerson a remarqué que Victorine ne portait pas de gilet de sauvetage. Il a enlevé le sien et le lui a mis. Puis il a aidé Victorine, sa femme et ses deux filles à monter sur la passerelle et à embarquer dans le canot. Enfin, il a embrassé sa femme qui tenait Johnnie fermement par la main tandis qu'ils avançaient vers l'appui de la fenêtre.

— Ce garçon ne peut pas embarquer! a dit Lightoller avec autorité.

— Bien sûr qu'il peut embarquer avec sa mère! a crié M. Ryerson d'un ton indigné. Il a seulement treize ans!

Puis il a poussé Johnnie pour le faire passer par la

fenêtre ouverte, à la suite de sa mère. Lightoller a fait une grimace, puis il a annoncé à tous : « D'accord, mais c'est le seul! »

Plus loin dans la file, j'ai vu une femme avec sa fille et son fils d'environ huit ans. La mère a retiré son grand chapeau et l'a mis sur la tête de son fils. Tous les trois sont montés dans le canot 4. Lightoller n'a pas protesté.

— Combien y a-t-il de femmes dans ce canot? a-t-on demandé depuis le pont où étaient les bossoirs, un étage plus haut.

— Vingt-quatre, a-t-on répondu.

— Ça suffit! a-t-on crié. Mettez à l'eau!

— Combien de marins sont avec vous? a demandé quelqu'un d'autre.

— Un seul, a-t-on répliqué.

Un autre marin est vite descendu par un câble et a embarqué dans le canot juste avant qu'on commence à le faire descendre.

Je me tenais près d'une fenêtre ouverte. J'ai vu M. Astor qui soufflait un baiser à sa femme, puis qui lui lançait ses gants. J'ai tenté de saluer Johnnie de la main, mais il était assis dans le canot, le dos voûté et la tête rentrée dans les épaules. Le canot s'est posé sur l'eau, cinq mètres plus bas. J'ai pensé encore une fois à Max qui était enfermé dans sa cage, au chenil.

— Et les chiens? ai-je demandé en me tournant vers M. Astor. Que va-t-il leur arriver?

— J'ai parlé à un homme d'équipage, tout à l'heure, a répondu M. Astor. Il m'a dit qu'il retournerait au chenil et qu'il libérerait tous les chiens.

Je me suis senti un peu mieux. Max avait au moins une chance de s'en tirer!

Le lieutenant Lightoller est arrivé en courant vers nous. Il a ouvert une porte qui avait un écriteau *Réservé aux hommes d'équipage*. M. Astor et quelques autres hommes l'ont suivi. J'ai fait signe à mon père de nous rejoindre. Il y avait un escalier de métal très étroit et, comme le navire gîtait maintenant à bâbord, nous devions nous aider de nos bras pour arriver à le monter. J'ai regardé en bas et j'ai vu de l'eau de mer qui montait dans la cage d'escalier, quelques ponts plus bas. J'ai eu un choc! L'eau était éclairée par les lumières du bateau, comme dans une piscine.

Des bruits sourds, des grondements et des bruits secs de vaisselle qui se casse nous parvenaient depuis en bas. Je me suis accroché à la rampe de métal et je me suis mis à monter, marche par marche. En regardant ma montre, j'ai vu qu'il était quelques minutes avant deux heures du matin. Je me suis dit que je n'avais jamais veillé aussi tard de ma vie.

# CHAPITRE HUIT

# LES DERNIÈRES MINUTES
*15 avril 1912, 2 h 00*

Une fois arrivé sur le pont des embarcations, j'ai attendu mon père qui grimpait les escaliers derrière moi. Le ciel était constellé d'étoiles. Le gaillard d'avant où Johnnie et moi étions montés sur un guindeau était maintenant inondé. Le mât de misaine avait le pied dans l'eau. La lampe rouge du nid-de-pie fonctionnait encore. À la poupe, les gens, nombreux, piétinaient sur place. Des passagers de troisième classe continuaient d'arriver depuis les ponts inférieurs. Des hommes se préparant à sauter à la mer lançaient par-dessus bord des barils et des chaises longues, bref tout ce qui pouvait flotter. J'ai vu Thomas Andrews soulever une chaise longue et la lancer. Un autre descendait dans l'eau par le câble d'un bossoir vide.

— Ils font monter des gens dans le canot, là-bas, m'a dit mon père en m'attrapant par le bras et en pointant vers l'avant.

Lightoller et d'autres hommes d'équipage avaient accroché un canot dans un bossoir vide.

— C'est un canot pliant, avec des côtés en toile,

ai-je entendu un homme dire tandis que nous nous joignions au groupe qui se trouvait tout près.

— Les femmes et les enfants seulement! a crié le lieutenant Lightoller quand le canot a été prêt.

On a fait avancer des femmes de la troisième classe, vêtues de manteaux et de châles, dont certaines avaient des enfants avec elles.

— Plus d'autres femmes? a crié Lightoller quand le canot a été à moitié plein.

— Il ne reste plus une seule femme! a crié quelqu'un dans la foule tandis que des hommes grimpaient dans le canot.

— Dehors tout le monde! a ordonné Lightoller en faisant sortir de force un des hommes.

Les autres ont suivi comme des moutons.

— Tenez-vous par les bras pour former une chaîne! a ordonné Lightoller aux hommes d'équipage qui étaient près de lui.

Je me suis avancé et j'ai passé un bras dans celui d'un homme. Aussitôt, mon père a pris mon autre bras. J'ai levé les yeux vers lui. Il a approuvé de la tête en me faisant un petit sourire. D'autres se sont joints à nous pour former la chaîne. Un Américain s'est dirigé vers nous avec sa femme. Elle avait un bras en écharpe. On l'a laissé passer et on l'a aidée à monter dans le canot. On a dit à son mari qu'il ne pouvait pas aller plus loin.

— Oui, je sais, a-t-il dit d'une voix triste. Je reste

ici.

Un autre homme est arrivé en courant avec deux bambins dans les bras. Il les a tendus pour qu'on les prenne dans le canot.

— Mes fils, a-t-il dit avec un accent français de France. Je m'appelle Hoffman.

Une femme dans le canot a fait de la place à côté d'elle pour les deux petits garçons. Le canot avait l'air plein. Plus aucune femme n'arrivait.

— À l'eau! a ordonné Lightoller.

Le canot s'est mis à descendre en grinçant le long du flanc du navire.

— C'est le dernier canot, les gars! ai-je entendu dire un homme dans la foule. Maintenant, c'est le chacun-pour-soi!

Mon père s'est tourné vers moi. Il transpirait abondamment. Sa respiration était saccadée. Je ne l'avais jamais vu comme ça.

— Jamie, tu es un bon nageur, a-t-il dit. Je te revois en train de plonger dans les vagues, à St. Andrews…

— Papa, l'ai-je interrompu en le prenant par le bras. Nous allons nous en sortir. *Tous les deux…*

— Oui, oui! a-t-il dit. Bien sûr, nous y arriverons. Mais juste au cas où… Tu dois savoir… J'ai tout prévu pour ta mère et toi… Arthur va s'en occuper... Je t'aime, mon fils. (Il m'a pris par l'épaule.) Dis à ta mère que je l'aime aussi.

Il avait les larmes aux yeux. Mon père n'exprimait pas facilement ses émotions. Il ne m'avait jamais, mais jamais, parlé de cette façon. Je ne savais pas comment réagir. Finalement, il s'est repris et s'est éclairci la voix.

— Nous devrions peut-être nous diriger vers la poupe, a-t-il dit en reprenant son calme.

Tout le monde s'est retourné et a regardé vers le haut en entendant un bruit au-dessus de nous. Des hommes étaient en train de grimper sur le toit des cabines des officiers, à l'arrière de la passerelle de navigation. Il y avait là au moins un autre canot pliant.

— Nous devrions aller les aider! ai-je dit à mon père. Ce canot est peut-être notre dernière chance! Je peux grimper là-haut si tu me fais la courte-échelle.

— Quelle idée idiote, de mettre un canot de sauvetage dans un endroit pareil! a-t-il dit tandis que je courais déjà dans cette direction.

Je me suis agrippé au cadre de la fenêtre d'une cabine et j'ai essayé de me hisser plus haut. Mais j'ai vite perdu prise et je suis retombé sur le pont. Il fallait que je me débarrasse de mon gilet de sauvetage, trop encombrant, et de mon manteau long. J'ai donc commencé à me déshabiller.

— Je vais te faire la courte échelle, Jamie, a dit mon père. Mais tu *dois absolument* garder ton gilet de sauvetage.

J'ai lancé mon manteau par terre et j'ai vite remis mon gilet de sauvetage par-dessus mon chandail. Mon père a croisé ses mains pour que j'y pose mon pied, puis il m'a fait grimper sur ses épaules. Par la fenêtre éclairée d'une des cabines des officiers, je pouvais voir un petit lit et un bureau. Soudain, le navire a vacillé, et mon père a titubé un peu. J'ai réussi à attraper le bastingage au-dessus de ma tête. Je me suis hissé jusque sur le toit et j'ai agrippé un des gros cordages qui étaient tendus de la grosse cheminée derrière moi jusqu'au pont.

Le lieutenant Lightoller était penché à un bout du canot pliant. Il essayait de couper les cordes qui le fixaient.

— Enlève-toi de là! m'a-t-il dit d'un ton sec quand je me suis approché.

Il a coupé la dernière corde, puis il a relevé les yeux vers moi. Je me suis alors demandé s'il me reconnaissait. Il m'avait renvoyé de la passerelle de navigation il y avait quelques jours. L'incident semblait sans importance, maintenant.

— Il faut maintenant trouver le moyen de faire descendre ce canot jusque sur le pont, a-t-il dit en respirant péniblement. Va voir si tu peux trouver des planches.

J'ai couru jusqu'en haut du toit et j'ai appelé mon père. Je lui ai dit qu'il fallait des planches pour faire glisser le canot. Puis je suis redescendu sur le toit, jusqu'à l'autre bout du canot.

— Il a l'air bien petit, ai-je dit au marin qui était assis dessus à califourchon pour tenir en équilibre.

— Il est plus grand quand les bords sont relevés, a-t-il répliqué. Il peut contenir soixante personnes, mais il faut d'abord arriver à le mettre à l'eau.

À cet endroit du toit où je me trouvais, je voyais la proue du *Titanic*, plus bas. Le gaillard d'avant et les ponts du coffre étaient maintenant noyés, sauf un petit bout du bastingage de la proue qui émergeait encore. Je me suis retourné pour regarder vers la poupe. Je me suis dit que les hélices devaient être hors de l'eau, et j'ai frissonné : de froid ou de peur ou les deux à la fois. Mon cœur battait à tout rompre. Sur le pont incliné, près de la poupe, les gens, ils étaient des centaines, grouillaient comme des insectes. Des passagers des ponts inférieurs continuaient d'arriver par les escaliers. Étaient-ils restés en bas pendant tout ce temps? J'ai scruté l'horizon dans l'espoir d'apercevoir les lumières du navire que nous avions vues plus tôt. Rien!

Des cris me sont arrivés depuis l'autre côté du toit, à tribord. Des marins avaient réussi à récupérer un autre canot pliant qui était rangé là. Puis la voix de mon père m'est parvenue depuis le pont inférieur. Quelques hommes et lui tenaient des rames contre le mur du quartier des officiers, pour servir de glissière depuis le toit. J'espérais qu'elles seraient assez solides pour faire l'affaire.

— OK, les gars! Poussons-le, a crié un homme à la poupe de notre canot pliant.

Je me suis joint à eux pour le pousser jusqu'au bord du toit. Puis nous avons couru vers la proue et nous avons continué de le pousser.

— Écartez-vous, en bas! a hurlé Lightoller tandis que nous poussions le canot.

Soudain le navire a gîté. Le canot a glissé du toit et est retombé sur le pont, en bas. Les rames se sont brisées sous son poids. Je me suis précipité pour voir si mon père était blessé. Je ne l'ai pas trouvé tout de suite. Puis je l'ai aperçu. Il était entraîné par une foule d'hommes qui tentaient de toutes leurs forces de remonter le pont en pente. Il a levé les yeux, il m'a vu et il m'a fait un faible signe avec sa main sur son front en guise d'adieu. Puis il a disparu dans la foule.

Venant de la proue du navire, une énorme vague a roulé vers moi en faisant un bruit de tonnerre. Elle est passée juste sous le toit où je me trouvais. Elle se dirigeait vers la foule de gens qui tentaient de remonter le pont. Certains sont tombés et ont été engloutis. J'ai cherché mon père des yeux. Rien! Le canot de sauvetage que nous avions tenté de mettre à l'eau flottait sur la vague, renversé. Puis le paquebot a gîté encore un peu plus.

Il va couler, me suis-je dit. Je vais être aspiré avec lui!

Je me suis laissé glisser jusqu'à l'avant du toit. Une muraille d'eau verte déferlait vers moi. J'ai repensé aux vagues qui s'écrasaient sur la plage de St. Andrews. Je savais comment faire. C'était ma seule chance.

J'ai plongé en plein dans la vague.

L'eau glaciale a failli me faire perdre connaissance. J'avais l'impression de me faire transpercer le corps par des milliers d'aiguilles. Je me suis senti emporté vers le fond. J'ai battu des pieds pour remonter. À bout de souffle, j'ai émergé à la surface. Devant moi, il y avait le mât de misaine. Son nid-de-pie arrivait presque à la hauteur de mes yeux. J'ai d'abord pensé nager jusque-là. Puis j'ai compris que je devais m'éloigner du paquebot! J'ai alors été aspiré vers l'arrière, puis plaqué contre quelque chose de dur. Je sentais une grille métallique contre ma peau. J'étais écrasé contre une bouche d'aération à cause de l'eau qui s'y engouffrait. J'ai prié pour que la grille tienne le coup.

Si c'est la fin, alors qu'on en termine au plus vite, me suis-je dit. Puis une bouffée d'air chaud est remontée par le conduit d'air, jusqu'à la grille, et j'ai été projeté plus loin. Je suis revenu à la surface, au bout de mon souffle. Je toussais et je crachais de l'eau de mer. Il fallait absolument m'éloigner du navire! Je me suis mis à nager de toutes mes forces.

Autour de moi, il y avait des câbles, des chaises longues et des morceaux de bois qui tourbillonnaient dans les remous. Je distinguais à peine les silhouettes d'autres nageurs. J'ai plongé sous l'eau pour éviter un baril qui allait me heurter. Puis j'ai entendu des cris. La première cheminée, énorme, s'écrasait dans un nuage d'étincelles, ce qui a provoqué une gigantesque vague. Celle-ci m'a entraîné loin du paquebot qui coulait. J'ai vu la silhouette du *Titanic* se détacher contre le ciel constellé d'étoiles, avec toutes ses lumières allumées. Des centaines de personnes s'accrochaient à sa poupe. D'autres tombaient à l'eau.

J'ai repoussé quelques débris et j'ai continué de nager.

Mon gilet de sauvetage m'aidait à flotter, mais il rendait la nage difficile.

J'avançais en barbotant. Je cherchais désespérément un canot de sauvetage ou n'importe quoi pouvant me servir de radeau. J'avais les pieds et les mains gelés. J'avais envie de me reposer, mais je savais que je devais continuer de bouger. Mon bras a frappé quelque chose de dur. Je me suis accroché. C'était trop gros pour être un débris. En tâtant avec ma main, je me suis rendu compte que c'était le canot de sauvetage renversé. Quelqu'un m'a tendu la main et m'a aidé à grimper. Je suis monté à l'arrière du canot.

— Attention, maintenant! m'a-t-on ordonné. Un seul faux pas et tu nous fais chavirer!

J'ai reconnu la voix du lieutenant Lightoller. Je voyais la buée que faisait sa respiration dans l'air glacial. Je devinais les silhouettes des autres qui essayaient de rester d'aplomb sur la coque renversée du canot.

— Merci, ai-je dit en claquant des dents.

Il m'a fallu quelques minutes pour retrouver mon souffle. Puis je me suis relevé et j'ai regardé derrière moi. La poupe du *Titanic* était maintenant dressée très haut dans les airs. C'était incroyable : les lumières étaient encore allumées! Puis elles ont clignoté et se sont aussitôt éteintes.

J'ai entendu ce qui semblait être des explosions. Dans le noir, des étincelles se sont mises à jaillir du milieu du paquebot. Puis le paquebot s'est brisé en deux. La partie avant a glissé dans les eaux noires de l'océan. La poupe, maintenant détachée du reste, est retombée à la surface de l'eau. Puis, à son tour, elle s'est lentement remplie d'eau. On entendait les cris de ceux qui s'y accrochaient tandis qu'elle sombrait. Ensuite, je n'ai plus vu que le ciel constellé d'étoiles. Tout autour de moi, j'entendais des gens qui hurlaient.

— Papa! ai-je crié de toutes mes forces. Papa!

Mais mes cris se noyaient dans le concert de hurlements. Au bout d'un moment, le bruit a un peu diminué. J'ai crié encore une fois. Aucune réponse!

— Jamie? ai-je entendu quelqu'un m'appeler, tout près.

— Jack! me suis-je exclamé en me penchant en avant. Jack Thayer?

— Oui! C'est moi, a-t-il répondu d'une voix grave.

— Est-ce que ça va? ai-je demandé.

— Oui, a-t-il dit en frissonnant. Mais il fait si froid!

J'ai repensé à notre souper dans la salle à manger. Était-ce vraiment quelques heures auparavant? Nous écoutions tous les deux Milton Long qui nous racontait ses aventures en Alaska. Difficile de croire que tout le mobilier de cette énorme salle gisait maintenant au fond de l'océan!

J'ai entendu du bruit dans l'eau, derrière la poupe du canot. Des hommes juchés sur des morceaux de bois pagayaient avec leurs mains. Quelques autres avaient des rames. Des nageurs s'approchaient, tentant désespérément de monter sur notre canot. Mais on leur criait :

— Non! Non! Un de plus et nous coulons!

Je me comptais infiniment chanceux qu'on m'ait laissé embarquer.

J'ai observé un homme qui avait nagé jusqu'à nous et qui venait de se faire dire que nous étions déjà trop nombreux.

— D'accord, les gars! a-t-il répondu calmement.

Et il est reparti à la nage. Puis il a ajouté :

— Bonne chance, les gars! Que Dieu vous bénisse!

Les hurlements à donner froid dans le dos ont

continué. Au fur et à mesure que nous nous éloignions, ils se sont changés en un étrange bourdonnement très aigu qui durait et durait. Puis il a fini par s'estomper.

J'ai pensé à mon père.

— J'espère que mon père a réussi à monter dans un canot, ai-je dit à Jack.

— J'espère que le mien aussi, a répliqué Jack. Et Milton. Nous étions ensemble, contre le bastingage. Il a sauté le premier. Mais il ne savait pas très bien nager.

Finalement, les derniers hurlements ont cessé. Un grand silence régnait sur la mer calme.

Depuis la poupe du canot, quelqu'un a dit :

— Nous devrions prier, ne croyez-vous pas?

Il y a eu un murmure d'approbation. Puis, à l'unisson, nous avons commencé à réciter :

— Notre Père qui êtes aux Cieux, que votre nom soit sanctifié…

# CHAPITRE NEUF

# DEBOUT SUR UN CANOT RENVERSÉ
*15 avril 1912, 3 h*

— Ohé du canot! avons-nous tous crié en chœur. Ohé du canot!

Nous avons attendu. Nous n'avons entendu que le silence en réponse. Quelques hommes ont continué de crier d'une voix rauque. Finalement, ils se sont fatigués et se sont arrêtés. Il faisait extrêmement froid. Mes cheveux étaient collés à mon front. Je ne sentais plus mes jambes, à force de rester debout. J'avais très envie de m'asseoir. Mais le moindre mouvement brusque pouvait faire chavirer notre canot renversé. À chaque mouvement, de l'air s'échappait de dessous la coque, et nous nous enfoncions un peu plus dans l'eau.

— Combien sommes nous? a demandé le lieutenant Lightoller.

On a entendu quelques murmures et des grognements venant de la poupe. Lightoller a répété sa question d'un ton autoritaire. Personne n'a répondu.

— Nous allons obéir aux ordres de l'officier! a crié un marin avec un accent cockney, à la poupe.

Lightoller a exigé que chacun dise « Présent! » à

tour de rôle. Nous avons obéi. Nous avons compté 28 réponses. Vingt-huit hommes perchés sur un canot renversé, me suis-je dit. Le canot allait-il tenir jusqu'à ce qu'on vienne nous secourir? Si des secours arrivaient!

— Harold Bride, l'opérateur radio, est là-bas à l'arrière, a dit quelqu'un. Il doit savoir quels bateaux sont dans les parages.

— Quels bateaux ont répondu à notre appel de détresse, Bride? lui a demandé Lightoller.

— Le *Baltic* et l'*Olympic*, a-t-il répondu d'une voix trahissant sa fatigue. Mais le *Carpathia* était le plus près. Ils ont dit qu'ils arrivaient à toute vitesse.

Nous avons un peu repris espoir.

Puis nous avons vu des fusées vertes à l'horizon. Étaient-ce celles d'un bateau venant à la rescousse ou celles d'un autre canot de sauvetage? Avec des planches et des rames, des hommes ont tenté de nous diriger vers les fusées vertes. Ils se sont arrêtés quand les lumières ont disparu. Il y avait des étoiles filantes dans le ciel. Elles me faisaient penser à des fusées blanches. Nous claquions des dents. Nous tentions quand même de bavarder afin d'oublier le froid.

— Nous aurons peut-être un petit déjeuner chaud à bord du *Carpathia*? ai-je dit à Jack.

— Une couverture chaude ferait bien mon affaire, a-t-il répliqué.

Quelqu'un s'est demandé ce qui était arrivé au

navire qui, de toute évidence, avait vu le *Titanic* en train de couler.

— Ce navire devait être au plus à huit kilomètres de nous! a dit un homme.

— Ce devait être un voilier, a dit un autre. Un navire à vapeur serait certainement venu nous aider.

Au bout d'environ une heure, le ciel a commencé à s'éclaircir. Au même moment, un vent léger s'est levé. De petites vagues ont commencé à faire ballotter notre embarcation de fortune.

— Tous debout et en rangs! a crié Lightoller.

Le canot a vacillé quand des hommes à la poupe se sont levés. Lightoller nous a fait mettre en deux rangées, debout le long de la quille, tournés vers la proue, les mains sur les épaules de celui qui était devant nous. Jack et moi étions près de la proue, juste derrière Lightoller. Nous avons suivi ses ordres : « Penchez-vous à gauche!... Remettez-vous droits!... Penchez-vous à droite! » Nous tentions ainsi de contrebalancer l'effet des vagues sur le canot. En faisant ces mouvements, je me suis réchauffé un peu, même si nous avions les pieds à seulement quelques centimètres au-dessus de la surface de l'eau.

À l'aurore, quand le ciel a commencé à s'éclairer, j'ai vu Vénus, l'Étoile du matin, qui brillait encore alors que toutes les autres avaient disparu. Un pâle croissant de lune était accroché à l'horizon.

Puis il y a eu un « plouf ». Un homme était tombé

à l'eau. Avec quelques autres, j'ai voulu lui tendre la main, mais Lightoller a crié :

— *Arrêtez!* Ne bougez pas!

Puis quelqu'un a crié :

— Il est mort!

Nous savions tous qu'il était inutile de risquer notre vie pour récupérer un cadavre.

Par la suite, il y a eu encore deux sinistres « plouf ». C'était horrible! Chaque fois, je me suis senti soulagé de savoir le canot allégé. Plus tard, un sentiment de honte et de regret m'a envahi en pensant à ces hommes morts de froid.

Tout à coup, quelqu'un qui était à la poupe a crié :

— Un paquebot arrive derrière nous!

— Ne bougez pas! a ordonné Lightoller. Je vais regarder en arrière.

Nous sommes tous restés sans bouger tandis que Lightoller se retournait pour regarder. Il n'a pas confirmé la bonne nouvelle. Toutefois, nous avons bientôt aperçu des lumières au loin. Ce ne pouvaient être que les lumières du mât d'un bateau à vapeur. Derrière lui, il y avait de grandes formes blanches. Certains ont pensé que ce pouvaient être des voiliers. Un homme a dit que c'étaient peut-être des bateaux de pêcheurs des Grands Bancs de Terre-Neuve. Quand le soleil a commencé à monter à l'horizon, nous avons vu qu'il s'agissait d'icebergs, immenses et majestueux. L'un d'eux avait deux sommets. Il devait mesurer au moins 60 mètres de haut. Était-ce l'iceberg qui nous avait fait couler? me suis-je demandé. Puis le ciel est devenu rose, et les montagnes de glace ont pris des teintes de mauve et d'orangé.

Avec le lever du soleil, le vent a forci. Les vagues passaient maintenant par-dessus notre canot. À chaque vague, il vacillait, et de l'air s'échappait d'en dessous. La coque était de plus en plus glissante. Je me suis fermement accroché aux épaules de Jack, sachant que le moindre faux pas nous entraînerait dans une mort certaine.

Puis les lumières du navire ont disparu. Mon cerveau fatigué a été assailli de visions d'horreur. Notre canot allait-il couler sous nos pieds avant que les secours arrivent? Peut-être que le navire ne nous avait pas vus? Et s'il fonçait sur nous?

Quand le soleil a été complètement levé, nous pouvions voir le navire à environ 7 km de nous. Des canots de sauvetage du *Titanic* se dirigeaient vers lui. Allions-nous arriver à tenir le coup jusqu'à ce qu'on vienne nous chercher? Nous avions maintenant les pieds mouillés et gelés à cause des vagues qui les baignaient continuellement.

— Bateau en vue à tribord avant! a crié un des marins qui était à la poupe.

Je suis resté bien droit, mais j'ai tourné la tête. Quatre canots de sauvetage du *Titanic* formaient une file, à environ 700 mètres de nous.

— Ohé du canot! avons-nous crié à pleins poumons. Ohé du canot!

On ne semblait pas nous entendre. Lightoller a plongé sa main dans sa poche et en a ressorti un sifflet de commandement. Il a soufflé dedans de toutes ses forces. Nous avons vu deux canots se séparer des autres et se diriger vers nous.

— Approchez et venez nous tirer de là! a crié Lightoller quand ils ont été à portée de voix.

— À vos ordres! lui a-t-on répondu.

Les deux canots se sont lentement approchés du nôtre. Nous étions enfoncés si profondément dans l'eau qu'un des canots, en venant se placer contre nous, a failli nous faire chavirer.

— Ne bougez pas, les gars! a ordonné Lightoller. Doucement, sinon vous allez nous faire couler!

Lightoller nous a fait passer du canot renversé à l'autre un à un. Chaque fois que quelqu'un se penchait vers l'avant pour sauter dans l'autre canot, le nôtre se mettait à ballotter dangereusement. Jack et moi étions parmi les derniers à débarquer. Quand mon tour est finalement arrivé, j'ai sauté et je suis retombé au fond de l'autre canot, près de la proue. Une femme m'a enveloppé d'une couverture venant du *Titanic*. Un marin m'a passé un flacon de whisky. J'en ai pris une goulée. Ça brûlait jusque dans mon estomac, mais ça m'a aidé à me réchauffer. C'était la première fois de ma vie que je buvais de l'alcool.

Un homme qui était dans l'eau a nagé jusqu'au canot de sauvetage. On l'a aidé à embarquer.

— C'est Joughin, le boulanger, a dit un marin. Il a tellement d'alcool dans le sang que ça l'a protégé du froid!

Lightoller a été le dernier à quitter le canot renversé. Auparavant, il a soulevé un corps qui gisait le long de la quille et il l'a déposé dans l'autre canot. Un Américain qui était avec nous durant la nuit avait frotté le visage et les poignets de l'homme inerte, mais il s'était vite rendu compte qu'il était mort. Puis Lightoller a embarqué dans le canot, près de moi, et il s'est aussitôt rendu à la poupe pour prendre la barre.

Je me suis couvert la bouche avec la couverture du *Titanic* et j'ai respiré au travers, dans l'espoir que la chaleur allait faire dégeler mon visage.

De l'eau a revolé sur le flanc du canot. Ma couverture a été arrosée. Le canot de sauvetage était surchargé. Les vagues commençaient à passer par-dessus les plats-bords.

— Eh! Vous, en avant, a crié Lightoller. Quelques-uns doivent venir ici, en arrière!

Jack, moi et quelques autres nous sommes glissés entre les passagers, jusqu'à la poupe. C'était mieux, mais nous étions encore trop enfoncés dans l'eau. Nous avancions très lentement, car les rames étaient peu efficaces. J'ai regardé Lightoller qui tenait la barre. Il avait les lèvres bleues de froid. Près de lui, une femme a enlevé sa cape et la lui a tendue. Il a secoué la tête. Elle s'est levée et la lui a mise sur les épaules. Puis elle a rabattu le capuchon sur sa tête. Il avait l'air un peu bizarre, mais au moins, ça semblait l'aider à se réchauffer un peu.

J'ai regardé le canot que nous remorquions, derrière nous. J'ai vu que c'était le canot numéro quatre, avec les Ryerson et la mère de Jack à son bord. J'ai vu Johnnie qui me tournait le dos et qui ramait avec une de ses sœurs. Lightoller a alors coupé l'amarre qui les retenait à notre canot. Ils nous ont dépassés. Je voyais les autres canots de sauvetage du *Titanic* qui s'approchaient du navire, sans doute le *Carpathia*. Un des canots avait une voile et traînait un autre canot derrière lui. Notre canot a été le dernier à rester sur la mer. Une mer de plus en plus houleuse. L'eau continuait de passer par-dessus bord, et nous nous enfoncions toujours un peu plus. Je me demandais combien de temps nous allions pouvoir tenir encore.

Lentement, très lentement, nous nous rapprochions quand même du bateau sauveteur. Nous avons réussi à voguer dans le creux de longues vagues et à franchir quelques vagues qui se sont brisées sur le canot. Puis nous nous sommes retrouvés dans des eaux plus calmes, dans le sillage du *Carpathia*. Un rectangle de lumière se découpait dans le flanc du navire : la porte ouverte d'une passerelle d'embarquement! Une échelle de corde y était suspendue. Je n'ai jamais été aussi heureux d'être rendu!

Des visages sont apparus au-dessus des bastingages des ponts supérieurs. On a fait descendre une sellette. Le lieutenant Lightoller y a aussitôt fait monter des femmes. Certaines criaient tandis qu'on les hissait contre le flanc du navire. Puis, il ne restait plus que des hommes dans le canot. La plupart sont montés par l'échelle de corde. J'ai tendu le bras pour attraper le premier échelon. Mon gilet de sauvetage détrempé m'a alors semblé très lourd. Je l'ai retiré et je l'ai lancé dans l'eau.

Harold Bride, qui était juste au-dessus de moi, avait tant d'engelures aux pieds que, en arrivant sur le pont, il s'est écrasé face contre terre. J'ai réussi à monter jusqu'en haut. Je marchais en titubant. Au milieu d'un groupe de femmes, j'ai aperçu ma mère.

— Jamie! s'est-elle écriée, en se précipitant vers moi. Jamie! Mon Dieu! Tu es en vie! Où est ton père?

— Je ne sais pas, ai-je répondu.

Puis je me suis senti les jambes molles, et tout est devenu noir.

# CHAPITRE DIX
## À BORD DU *CARPATHIA*
*15 avril 1912, 8 h 40*

Quand j'ai rouvert les yeux, je toussais très fort. Ma gorge brûlait encore à cause du whisky que j'avais bu à bord du canot de sauvetage.

— Tu as perdu connaissance, a dit une femme qui était agenouillée à mon côté.

Elle m'avait enroulé dans une couverture. Puis j'ai entendu la voix de ma mère.

— Où sont les autres canots? demandait-elle en geignant. Il doit bien y en avoir d'autres!

Je me suis levé et je suis allé la rejoindre. Rosalie était auprès d'elle, au milieu d'un petit groupe de femmes. Un homme en uniforme leur expliquait qu'il ne restait plus un seul canot du *Titanic* à venir.

— Mais c'est impossible! a crié une femme avec un accent français de France.

— Peut-être ont-ils grimpé sur des icebergs pour s'y réfugier? a suggéré une autre. Vous devriez aller voir, commandant!

— Et l'autre navire, là-bas? a demandé ma mère en pointant du doigt en direction du petit bateau à vapeur que nous avions aperçu plus tôt, depuis notre canot renversé.

— C'est le *Californian*, a dit le commandant. Il vient juste d'arriver. Ils n'ont secouru personne.

— Alors… nous sommes toutes veuves? a demandé la Française.

— Nous allons patrouiller dans les environs une dernière fois avant de repartir, a répondu le commandant d'une voix posée.

Puis il s'est dirigé vers la passerelle de navigation.

— Allons à l'intérieur, a dit doucement Rosalie à ma mère. Rentrons et allons prendre quelque chose de chaud.

Mais ma mère restait agrippée au bastingage et scrutait la surface de l'océan.

— Margaret, nous devrions retourner à l'intérieur, non? a dit un homme.

Il a pris ma mère par les épaules. C'était le major Peuchen. Ma mère l'a dévisagé, puis elle l'a laissé l'accompagner jusque dans la salle à manger.

À l'intérieur, tout était étrangement silencieux. Des gens enroulés dans des couvertures sirotaient du café ou du bouillon. Personne ne parlait. Une femme sanglotait doucement, le visage caché derrière son mouchoir. Tous les autres semblaient sous le choc. Puis j'ai entendu le ronronnement des machines qui redémarraient.

— Du bouillon? a demandé un steward qui passait des bols fumants sur un plateau.

D'un signe de tête, je lui ai indiqué que j'en voulais. Je l'ai vite bu à la petite cuillère jusqu'au moment où je me suis senti pris de nausées.

— Jamie! Tu es vert! m'a chuchoté Rosalie.

Le major Peuchen m'a aussitôt entraîné vers les toilettes. J'ai vomi de l'eau de mer, du whisky et du bouillon de bœuf jusqu'à en avoir mal aux côtes.

— Je vais t'emmener à l'infirmerie, a dit le major Peuchen quand je suis ressorti.

— Non, non! Ça va mieux, ai-je répondu avec fermeté. J'ai juste besoin de m'allonger un peu.

Quand nous sommes revenus à table, ma mère était assise avec Mme Fortune. Elle ne parlait pas beaucoup. Elle m'a quand même dit que les Fortune s'étaient fait offrir deux cabines et qu'ils l'avaient invitée à se joindre à eux. Je me suis demandé si on avait eu des nouvelles de Charles et de M. Fortune. J'ai pensé qu'il valait mieux ne pas poser la question.

— Jamie! ai-je entendu derrière moi.

Je me suis retourné. Jack Thayer était là, à côté d'une passagère du *Carpathia*.

— Cette dame m'a gentiment offert de profiter de sa cabine, a-t-il dit. Tu pourrais venir, toi aussi. Qu'en penses-tu?

J'ai regardé ma mère. Elle a approuvé de la tête. Je me suis tourné vers Rosalie. De la main, elle m'a fait signe que je pouvais y aller.

— Tout ira bien, a-t-elle dit. Vas-y!

— Comment va ta mère? ai-je demandé à Jack tandis que nous sortions de la salle à manger.

— Pas trop mal, compte tenu des circonstances, a-t-il répondu. Inquiète pour mon père, évidemment. Elle est installée dans la cabine du commandant, avec deux autres femmes.

Nous avons suivi la passagère du *Carpathia* jusqu'à sa cabine, qui était très petite et n'avait qu'un seul lit. J'ai insisté pour que Jack le prenne et, avec des oreillers et une courtepointe, je me suis arrangé un lit par terre. Nos vêtements étaient encore humides et sentaient l'eau de mer. Nous nous sommes déshabillés, en gardant seulement nos caleçons. Puis par la porte entrebâillée, nous avons passé nos vêtements à la dame qui nous prêtait sa cabine.

— Je vais aller voir si je peux les faire laver, l'ai-je entendue dire depuis le corridor.

— C'est très gentil à vous, a répondu Jack en passant la tête par la porte entrebâillée.

Nous nous sommes lavés de notre mieux en nous servant du petit évier.

— Ouah! s'est écrié Jack en pointant le bas de mon dos. Tu as tout un bleu!

Je me suis retourné et j'ai regardé dans le miroir. J'avais une grande plaque rouge, avec du mauve au milieu. J'ai pressé dessus avec mon doigt et j'ai fait la grimace.

— Oui, bon! Ce n'est pas aussi grave que ça en a

l'air, ai-je répondu.

Je lui ai raconté qu'une vague m'avait plaqué contre la grille d'une bouche d'aération.

— On dirait que tu t'es blessé toi aussi, ai-je dit en indiquant une longue égratignure rouge sur son cou.

— Ouais! Un morceau de bois m'a frappé quand je suis arrivé dans l'eau, a-t-il répondu. Ce n'est rien, compte tenu des circonstances.

— Oui! ai-je répliqué. Compte tenu des circonstances.

Nous sommes restés silencieux quelques instants.

Épuisé, je me suis écrasé par terre, sur mon lit de fortune. Le parfum et la douceur de la taie d'oreiller contre ma joue étaient enivrants. J'ai tout de suite sombré dans un profond sommeil.

\* \* \*

Je me suis réveillé en douceur au son des machines du *Carpathia*, qui tournaient à un rythme régulier. En ouvrant les yeux, je me suis demandé ce que je faisais, couché sur le plancher. Puis la mémoire m'est revenue.

Le lit de Jack était vide, et mes vêtements étaient posés dessus. En me levant, j'ai senti un élancement dans le bas du dos. J'ai regardé dans le petit miroir. Le bleu s'était étendu. J'ai pris mes vêtements sur le lit. Ils étaient secs, mais ils n'avaient pas été lavés. Ils étaient un peu raides à cause de l'eau salée. Je n'avais aucune idée de l'heure qu'il était, mais j'avais très faim. Ma montre s'était arrêtée à 2 h 15. Je me suis dit que c'était probablement l'heure à laquelle j'avais plongé du haut du *Titanic*.

— Tu es levé, a dit Jack.

Il m'a pris par surprise en entrant dans la cabine.

— Oui, ai-je dit. Quelle heure est-il?

— Presque 14 h, a-t-il répondu. Il est encore temps d'aller dîner, si tu te dépêches. Un peu plus tôt, il fallait faire la queue.

J'ai enfilé mon chandail, et nous sommes partis ensemble dans le corridor. J'avais du mal à croire que le *Titanic* avait sombré il y avait moins de 12 heures. J'avais l'impression que ça faisait plutôt des jours et des jours.

La petite salle à manger du *Carpathia* était bondée. Les stewards semblaient un peu débordés avec tous les passagers supplémentaires à servir. Quand nous nous sommes assis à table, Jack et moi, j'ai aperçu Johnnie qui se levait de table avec une de ses sœurs. Je l'ai salué de la main. Mais en me voyant, il a tourné la tête.

— Tu vas mieux? m'a-t-on demandé.

C'était le major Peuchen. Il s'est assis et il s'est mis à nous raconter tout ce qui s'était passé pendant que nous dormions. Il était tout aussi bavard que d'habitude.

— Le commandant Rostron a foncé dans la nuit à pleine vitesse, en zigzaguant entre les icebergs, pour venir à notre secours, a-t-il dit. Je parie que son exploit sera souligné.

Le major nous a raconté que le commandant avait organisé un service funèbre dans la salle à manger tandis que le *Carpathia* passait au-dessus de l'endroit où le *Titanic* avait coulé. Un passager du *Carpathia*, qui était pasteur, avait dit des prières pour les vivants et pour les morts. J'étais content que ma mère n'y ait pas assisté. Je savais qu'elle ne l'aurait pas supporté. Pendant le service, le major Peuchen était sorti sur le pont-promenade pour regarder le lieu du naufrage. Il a dit que, mis à part le corps d'un noyé, il n'avait vu que des débris qui flottaient sur la mer : des chaises longues, des morceaux de bois, des gilets de sauvetage.

— Alors… Y a-t-il eu d'autres victimes qui ont été sauvées? ai-je demandé.

— Non, mon p'tit gars, a-t-il répondu en soupirant. Désolé! On m'a dit que c'était impossible. Je pense que nous sommes seulement 700 et quelques rescapés du *Titanic* à bord du *Carpathia*. Donc, plus de 1 500 personnes ont… ont… péri. C'est… terrible!

Sa voix s'était brisée. Pour une fois, le major était incapable de parler. J'ai regardé Jack et j'ai vu qu'il avait les larmes aux yeux. Mes yeux, aussi se mouillaient. Jusque-là, nous espérions tous les deux que nos pères avaient réussi à s'en tirer vivants.

— Alors… il n'y a plus… aucun espoir? ai-je demandé.

Le major a fait non de la tête en gardant les yeux fermés. Il y a eu un long moment de silence. Puis Jack a enfoui son visage dans le creux de son bras, et j'ai vu ses épaules secouées par les sanglots. J'ai caché mon visage avec mes deux mains. Mon cœur s'est mis à battre plus fort à mesure que je comprenais ce que cette terrible nouvelle signifiait. Mais mes yeux sont restés secs.

— Je suis vraiment désolé pour Harry Molson, a continué le major Peuchen, la gorge serrée. Il devait prendre un autre paquebot... Mais je l'ai convaincu... de prendre le *Titanic* avec moi... Et il y a Mark Fortune et son fils... Tous les deux noyés... Mme Hays et sa fille ont toutes deux perdu leur mari... Et le jeune Vivian Payne, aussi... Et tant d'autres!

Le major était incapable de continuer. Il a pris son mouchoir et il s'est essuyé les yeux. Je crois qu'il était mal à l'aise d'avoir laissé paraître ses sentiments en public. Nous sommes restés sans rien dire pendant quelques minutes.

— Vous savez, j'ai vu quelque chose de très bizarre, a dit le major Peuchen en reprenant la parole, d'une voix qu'il tentait de mieux maîtriser. Quand nous sommes passés près du site du naufrage, un poteau de barbier bleu-blanc-rouge flottait sur l'eau. La boutique du barbier se trouvait sur le pont C. Le poteau a donc dû être éjecté hors du navire par une des explosions que nous avons entendues.

— Peut-être quand le paquebot s'est brisé en deux... a commencé à dire Jack.

— Oh! Mais non! l'a interrompu le major. Le *Titanic* a sombré d'un seul morceau. J'en suis absolument certain.

Jack et moi, nous nous sommes regardés. J'ai levé les sourcils. Nous étions tous les deux certains de ce que nous avions vu.

Après le dîner, nous sommes allés marcher, mais c'était pratiquement impossible, tant les ponts du *Carpathia* étaient bondés. Des passagers du *Titanic* étaient assis en groupe, un peu partout. La plupart des canots de sauvetage avaient été hissés à bord. J'en ai compté six, empilés sur le pont de proue. Les autres avaient été installés dans les bossoirs du *Carpathia*. Penser que ces quelques canots étaient tout ce qui restait du gigantesque paquebot était très étrange.

Vers 16 heures, les machines du *Carpathia* se sont arrêtées. Le temps était devenu froid et venteux, et la plupart des gens étaient rentrés. Jack et moi étions restés sur le pont-promenade. Nous avons vu le commandant qui se dirigeait vers le bastingage avec un homme portant un col romain. Ils étaient suivis par quelques hommes d'équipage qui transportaient quatre sacs de grosse toile. Il m'a fallu un instant avant de comprendre que ces sacs devaient contenir des cadavres. Nous avons assisté à la cérémonie, la tête baissée. Le pasteur a lu dans son livre de prières anglican :

— En pleine vie, nous sommes déjà morts.

Puis, les sacs de toile ont été amenés un à un, et chaque fois, le pasteur a lu :

— Dieu Tout-Puissant, nous confions à ta garde bienveillante notre frère et nous livrons son corps aux profondeurs de la mer...

Un à un, les corps ont été jetés par-dessus bord, suivis d'un sinistre « plouf » quand ils entraient dans l'eau pour l'éternité. Quand le service funèbre a été fini, j'ai regardé Jack. Je savais que, si ses yeux étaient pleins de larmes, ce n'était pas seulement à cause du vent. Nous pensions tous les deux à nos pères et nous nous demandions s'ils pourraient avoir une vraie sépulture. Nous sommes restés appuyés contre le bastingage, à regarder les eaux grises de l'océan et à nous demander si leurs corps flottaient quelque part.

— Mon père m'a appris à faire de la voile, a commencé Jack.

Mais il n'a pas poursuivi. Il a appuyé son front sur le bastingage et il s'est mis à pleurer. Je lui ai entouré les épaules de mon bras.

J'ai essayé de retrouver un souvenir similaire. Quand j'étais petit, mon père avait toujours l'air plus vieux que les pères des autres garçons. Puis je me suis rappelé la fois où une vague m'avait renversé, à St. Andrews, quand j'avais environ quatre ans. Mon père s'était précipité dans l'eau. Il m'avait ramené sur la plage et il m'avait enveloppé dans une serviette de bain. Il m'appelait son « petit homme », tandis qu'il me frottait le dos. Des larmes se sont mises à couler sur mes joues. Je me suis couvert les yeux avec mes mains. Des larmes brûlantes passaient entre mes doigts. Puis je me suis entendu sangloter très fort. Au bout de quelques minutes, j'ai cessé de pleurer. J'ai sorti mon mouchoir et je me suis essuyé le visage. J'ai alors pensé à Johnnie, qui avait maintenant perdu son frère et son père. Il devait être affreusement malheureux! J'aurais voulu aller le retrouver et lui parler. Mais je comprenais qu'il préfère rester avec les siens.

À l'heure du souper, Jack et moi avons fait la queue devant la salle à manger avec les autres hommes, pendant qu'on servait les femmes. Quand nous sommes finalement entrés, j'ai vu ma mère qui était assise avec Mme Fortune, Mme Hays et sa fille. Je me suis penché et je lui ai dit quelques mots. Elle semblait encore sous le choc. Elle m'a dit qu'elle s'était étendue, mais qu'elle n'avait pas dormi.

J'ai décidé d'aller voir les trois sœurs Fortune qui étaient assises à une table tout près. Elles formaient un groupe à l'air bien triste. Je les ai remerciées d'avoir pris soin de ma mère.

— Je crois qu'elle n'a pas encore renoncé à retrouver mon père vivant, ai-je dit tout bas.

— En effet, a dit Alice Fortune. Notre mère non

plus : elle n'arrête pas de dire que Charles était un excellent nageur et qu'il a sûrement pris soin de notre père.

À son ton de voix, il était clair qu'elle avait admis la terrible nouvelle : il n'y avait plus d'autres survivants. J'avais aperçu l'admirateur d'Alice, William Sloper, sur le pont du *Carpathia*, mais je ne lui ai pas mentionné. Savoir que William Sloper avait survécu alors que son frère s'était noyé n'aurait fait qu'accentuer sa peine.

Puis les sœurs Fortune ont fini leur repas. Elles se sont excusées et ont quitté la salle à manger à la suite de leur mère et de la mienne. J'ai parcouru la salle des yeux. Jack n'y était pas. J'ai aperçu Johnnie qui était assis avec ses sœurs et Mlle Bowen, à une table près du mur. Je me suis levé et j'ai agité la main pour attirer son attention. Quand il a relevé la tête, je lui ai fait signe que les autres places étaient libres à ma table. Il a aussitôt replongé son nez dans son assiette, comme s'il ne m'avait même pas vu. Je me suis assis, rouge de gêne.

— Tu ne devrais plus t'en occuper, a dit Jack en arrivant à ma table.

— Je suppose qu'il a trop de peine à cause de son père, ai-je répondu.

— Oui, a dit Jack en soupirant. Mais il y a autre chose. Un imbécile lui a demandé s'il s'était déguisé en fille pour pouvoir quitter le *Titanic*.

— Non! C'est incroyable, ai-je dit. Mais c'est affreux!

Raison de plus pour vouloir absolument parler à Johnnie avant d'arriver à New York.

Après le souper, Jack et moi sommes allés faire le tour du navire à la recherche d'une place où s'étendre pour la nuit. La passagère qui nous avait prêté sa cabine hébergeait maintenant une femme et son enfant. Nous avons regardé dans le salon et nous avons vu qu'il était entièrement occupé par des femmes. Quelques-unes avaient pris les coussins des canapés pour s'en faire des oreillers.

— Nous devrions peut-être essayer de voir au fumoir, a dit Jack. C'est généralement un endroit où les hommes se rassemblent.

L'odeur de la fumée de cigare refroidie flottait dans l'air du fumoir. Des hommes s'étaient déjà étendus par terre. Un jeune homme endormi sur une pile de couvertures ronflait comme une baleine.

— Messieurs, vous n'auriez pas quelques couvertures en trop, par hasard? ai-je entendu dire une voix féminine, derrière moi.

Je me suis retourné et j'ai vu trois jeunes femmes qui venaient d'entrer dans la pièce. J'ai pointé du doigt le ronfleur qui s'était accaparé la pile de couvertures.

— Quel culot! a dit l'une d'elles.

Elle s'est approchée de la pile et elle a tiré sur la couverture juste en dessous de lui. Il a roulé par terre et s'est mis à la traiter de tous les noms.

— Et dire que vous avez été sauvé! lui a-t-elle dit d'un ton cassant.

Nous avons tous applaudi tandis que le type se dépêchait de sortir. Jack et moi avons chacun pris une couverture de la pile qu'il venait de quitter. Je me suis enroulé dans la mienne, sous une table, en me servant de mon chandail en guise d'oreiller. Avec mon bleu dans le dos, je devais dormir sur le côté. Je me suis vite endormi, mais pas pour très longtemps. Quelqu'un avait décidé de se coucher sur la table au-dessus de ma tête. Je me suis réveillé parce qu'il se tortillait dans tous les sens pour trouver une position confortable. Je me suis rendormi, mais il a passé la nuit à se lever. Il marchait d'un pas lourd et, quand il revenait, il tournait d'un côté, puis de l'autre, juste au-dessus de moi. Comment pouvait-on avoir besoin d'aller aux toilettes aussi souvent? J'ai pensé changer de place, mais il y avait des corps endormis tout autour de moi. Puis trop tôt, la lumière du jour a pénétré par les hublots du fumoir.

— As-tu réussi à dormir? m'a demandé Jack, encore tout ensommeillé quand je l'ai rejoint dans la file pour les toilettes.

— Pas vraiment, ai-je répondu en bâillant. Le type couché sur la table au-dessus de moi n'a pas arrêté de se lever et de se recoucher pendant toute la nuit.

— C'est Norris Williams, a-t-il dit en pointant du menton dans la direction de celui-ci qui, une fois de plus, quittait la pièce en marchant d'un pas lourd. On m'a dit qu'il avait de graves engelures aux deux jambes. Le médecin du bord voulait les lui amputer, mais Norris a refusé. Il a décidé d'exercer ses jambes jour et nuit.

— Mais...

— Il est champion de tennis et il veut jouer à Wimbledon, m'a expliqué Jack.

Je n'ai rien dit, mais j'ai rougi de gêne. Perdre quelques heures de sommeil était insignifiant à côté de risquer de perdre ses jambes.

Ce matin-là, nous avons croisé Williams une autre fois. Il faisait le tour du pont en se forçant à marcher, même s'il boitait. Sa famille et celle de Jack se connaissaient. Elles venaient toutes deux du même endroit, près de Philadelphie. Nous avons parlé du naufrage. Norris nous a raconté que, au moment où il était entré dans l'eau, il s'était retrouvé nez à nez avec un bulldog anglais.

J'ai pensé au magnifique bulldog que j'avais vu au chenil. On avait donc libéré les chiens. Au moins, Max ne s'était pas noyé dans sa cage.

Norris a poursuivi et a dit qu'il avait aperçu quelque chose qui ressemblait à une embarcation et qu'il avait donc nagé dans cette direction. En fin de compte, c'était un canot pliant à moitié rempli d'eau.

Ce devait être l'autre canot pliant que nous avions mis à l'eau depuis le toit du quartier des officiers. Norris avait dû rester accroché au plat-bord pendant un bon moment avant qu'on l'aide à embarquer.

— Nous sommes restés assis pendant des heures, avec l'eau glaciale qui nous recouvrait les genoux, a-t-il dit. Quand nous avons finalement été récupérés par un autre canot de sauvetage, nous n'étions plus que 11 à être encore en vie. Une vingtaine d'autres étaient morts de froid.

Nous sommes restés sans rien dire pendant un moment. Puis Jack et moi avons raconté que des hommes qui étaient avec nous sur le canot renversé étaient tombés dans l'eau, raides morts de froid.

— Harold Bride était avec vous, je crois? a demandé Norris.

J'ai approuvé de la tête.

— Il était à l'infirmerie avec moi, hier, a poursuivi Norris. On lui a fait des bandages aux pieds parce qu'il avait des engelures. Quelqu'un est arrivé en disant que l'opérateur radio du *Carpathia* était débordé par tous les messages. Alors, Bride a pris une paire de béquilles et il est parti l'aider. Quel cran!

— Croyez-vous que c'est vrai que le *Titanic* a reçu des messages d'avertissement de glaces? a demandé Jack.

Norris a répondu :

— Bride ne m'en a pas parlé…

— C'est vrai! Il en a reçu! me suis-je exclamé. Je le sais! Dimanche matin, je suis entré dans la cabine radio et j'ai entendu Bride qui disait : « Encore un avertissement de glaces! » J'ai alors demandé à mon père ce que c'était, un « avertissement de glaces ».

— Dans ce cas, comment se fait-il que nous naviguions à pleine vitesse, dimanche soir? a répliqué Norris. Je crois que M. Ismay aura des comptes à rendre quand nous serons à New York.

— J'ai entendu dire qu'Ismay est monté dans un des derniers canots, a dit Jack. Pourtant, je ne l'ai pas encore vu ici.

— Pas plus que personne d'autre! a dit Norris en tendant les bras pour masser ses jambes. Il s'est enfermé dans la cabine du médecin de bord et il y prend tous ses repas. Apparemment, il est en état de choc. Il ne supporte pas d'avoir perdu son nouveau paquebot.

Cette discussion à propos de messages radio m'a fait penser que peut-être Arthur avait reçu notre message, à Montréal. Plus tôt dans la journée, on nous avait distribué des formulaires pour messages radio, et j'en avais apporté un au déjeuner. Nous l'avions composé ensemble, ma mère et moi : *Jamie, Rosalie et moi en vie. Attendons nouvelles de papa. Maman.* C'était le texte qu'elle avait décidé de faire télégraphier. Je crois que ma mère, au fond de son cœur, savait qu'elle était veuve, mais qu'elle n'arrivait pas encore à l'accepter complètement. Elle était très enrhumée et passait presque tout son temps dans la cabine qu'elle partageait avec Mme Fortune. Rosalie, qui allait la voir régulièrement, passait le reste du temps à coudre des vêtements taillés dans des couvertures pour habiller les enfants qui avaient quitté le *Titanic* en pyjama ou en robe de nuit. J'avais vu quelques-uns de ces bambins trottiner sur le navire, habillés de ces vêtements de fortune.

— J'ai entendu des gens dire des horreurs, m'a confié Rosalie. Par exemple, à propos des passagers de la troisième classe : « Pourquoi ont-ils voulu en sauver tant? » Comme si une vie de troisième classe valait moins qu'une autre!

J'ai secoué la tête, attristé par tant de bêtise.

Les gens parlaient davantage, ce jour-là. Leurs histoires à propos du naufrage étaient déjà pleines d'exagération. J'ai entendu des gens dire que les officiers du bord avaient dû tirer à coups de fusil afin d'empêcher les gens de se ruer sur les canots de sauvetage. D'autres affirmaient avoir vu le commandant Smith se tirer une balle tandis que le navire sombrait. Et plusieurs passagers étaient convaincus que le dernier air joué par l'orchestre, sur le navire en train de couler, était celui du cantique *Plus près de toi, mon Dieu*.

— Je ne me rappelle pas avoir entendu la musique d'un cantique, a dit Norris.

— Moi non plus, ai-je répliqué. Seulement de la musique de danse.

— Il ne faudrait quand même pas s'imaginer que nous sommes restés sur le pont, à attendre valeureusement l'heure de notre mort au son de la musique d'un cantique, a ajouté Jack. Je crois que la plupart d'entre nous essayaient plutôt de trouver un moyen de survivre. En tout cas, moi, c'était ce que je faisais.

Plus tard dans l'après-midi, Jack et moi avons pris des couvertures et sommes allés faire la queue pour prendre un bain. Nous voulions rincer nos vêtements puants dans l'eau de la baignoire, puis nous enrouler dans une couverture pendant qu'ils sécheraient. Un autre passager du *Carpathia* nous avait offert d'utiliser sa cabine pour quelques heures.

— Les gens ont l'air tout aussi certains que le *Titanic* a coulé d'un seul morceau qu'ils sont certains d'avoir entendu le cantique de la fin, m'a fait remarquer Jack tandis que nous nous assoyions sur une couchette, enroulés dans nos couvertures. Mais nous l'avons bien vu se casser en deux!

— Et nous avons *bien entendu* de la musique de danse ! ai-je ajouté.

— Je serais riche si on m'avait donné une pièce de dix cents chaque fois que j'ai entendu quelqu'un dire qu'il avait eu un mauvais pressentiment au sujet du *Titanic*, a poursuivi Jack.

— Je sais, même si c'est difficile à croire! ai-je répliqué.

Puis je me suis lancé dans une imitation d'une femme que j'avais entendue dire, avec un fort accent cockney : « Je le savais, moi, que quelque chose clochait avec ce paquebot. Je l'ai su en posant le pied dessus. C'était évident! »

Jack en a tellement ri qu'il a dû s'enfouir le visage dans un oreiller pour arrêter de rire. Chaque fois qu'il relevait la tête, je disais : « Je le savais! » Et il se remettait à rire. J'ai ri, moi aussi, et je me suis rendu compte que je n'avais pratiquement pas souri depuis deux jours.

— Hé! Les gars, on vous entend rire jusqu'au bout du couloir, nous a dit le passager dont nous utilisions la cabine, en entrant.

Jack et moi avons marmonné des excuses.

— Ce n'est pas grave, a dit le passager. Je suppose que ça aide à relâcher la tension.

— Désolé, ai-je dit en essayant de reprendre mon air sérieux. C'est à cause de toutes les absurdités que les gens colportent au sujet du naufrage.

— C'est dans la nature humaine, de toujours exagérer, a-t-il répliqué.

Il s'est présenté : Lewis Skidmore, de Brooklyn, à New York, où il enseignait les arts plastiques. Sa femme et lui étaient en voyage de noces.

— Une lune de miel! s'est exclamé Jack.

Lewis a répliqué que l'interruption de leur voyage en Europe n'était rien, comparé à la tragédie que nous venions de vivre. Il voulait tout savoir au sujet de notre expérience à bord du *Titanic*. Pendant que nos vêtements séchaient, nous lui avons raconté ce qui nous était arrivé.

— Vous êtes certains qu'il s'est brisé en deux avant de couler? a demandé Lewis à un certain moment.

— Oui, sûrs et certains! a répliqué Jack. Nous en avons parlé à d'autres, et ils ont vu la même chose. Ceux qui racontent qu'il a sombré d'un seul morceau n'étaient pas aussi près que nous.

Lewis a pris son carnet de croquis et s'est mis à dessiner tandis que Jack et moi lui donnions une description du naufrage, étape par étape. Il a dit qu'il allait travailler sur ses esquisses et nous les montrer le lendemain. Nos vêtements étaient presque secs. Nous l'avons remercié de nous avoir prêté sa cabine. Nous nous sommes rhabillés et sommes allés faire la queue à la porte de la salle à manger. Les provisions du bord devaient avoir considérablement diminué, car pour ce souper du mardi soir, nous n'avons eu que de la soupe, des viandes froides et du macaroni.

Ce soir-là, Jack et moi nous sommes couchés par terre dans le fumoir. Nous avons été réveillés par un formidable coup de tonnerre. Norris est tombé de la table sur laquelle il dormait. Quelques gars ont pensé que nous avions heurté quelque chose. Ils se sont précipités sur le pont pour voir si nous n'avions pas frappé un iceberg.

La pluie qui a suivi l'orage a duré toute la journée du mercredi. Un épais brouillard nous a enveloppés durant tout l'avant-midi. Le son lugubre de la corne de brume du *Carpathia* ne faisait qu'ajouter à l'atmosphère morose qui régnait à bord. Après le déjeuner, j'ai tenté de marcher sur le pont avec Norris, mais la pluie battante nous a obligés à nous réfugier à l'intérieur. Les salles communes étaient bondées. Les gens commençaient à se chamailler. Des femmes étaient maintenant très inquiètes de ce qui les attendait, après leur arrivée à New York. Elles commençaient à prendre conscience que leurs maris étaient morts, et que le cours de leur vie allait en être changé pour toujours.

Mercredi après-midi, vers 16 heures, j'ai décidé d'aller prendre l'air sur le pont. Je me sentais prisonnier dans le fumoir, même si j'avais un bon livre à lire. À cause du froid et du brouillard, il n'y avait pas beaucoup de monde sur le pont. J'ai immédiatement repéré Johnnie, près d'un bossoir.

— Johnnie! ai-je dit en m'approchant de lui. Content de te revoir!

Il s'est retourné, l'air étonné.

— Euh… Bonjour! a-t-il répondu, l'air mal à l'aise.

— Comment vas-tu? ai-je demandé.

— Je nc peux pas rester, a-t-il dit en tentant de s'enfuir.

— Attends! Arrête! ai-je dit en le retenant. *Parle-moi!*

Je l'ai attrapé par le bras. Il a tenté de se dégager.

— Je sais que tu as de la peine, ai-je dit. Moi aussi, j'en ai. Mais je croyais que nous étions de vrais amis.

— C'était avant, a-t-il répliqué. Maintenant, tu es un héros, et moi je suis le garçon qui s'est déguisé en fille pour pouvoir quitter le *Titanic*.

— Oh Johnnie! me suis-je exclamé en le retenant par le bras. Je ne suis pas un héros. J'ai tout simplement eu de la chance. Et toi aussi. Nous sommes en vie, Johnnie! Pense seulement à la peine qu'aurait ta mère si elle avait perdu ses *deux* fils *et* son mari!

Il essayait de s'éloigner. J'ai posé mes deux mains sur ses épaules.

— Et puis, tu ne t'es pas déguisé en fille. C'est complètement idiot!

— C'est ça : maintenant je suis un lâche doublé d'un idiot, a-t-il rétorqué en repoussant mes mains pour s'en aller.

— Pas toi, Johnnie! lui ai-je crié. Les idiots, ce sont les gens qui racontent ça. Dans un mois ou deux, de toute façon, tout le monde aura oublié l'histoire du *Titanic*!

Mais il était déjà loin, sur le pont et il se dirigeait

vers la porte de la salle à manger. Mon cœur battait très fort. Je me sentais un peu étourdi. Je suis retourné dans le fumoir et j'y ai passé presque une heure à tenter de me calmer. Finalement, j'ai décidé d'écrire une lettre à Johnnie quand je serais revenu à Montréal.

Une fois là-bas, il verrait les choses différemment, me suis-je dit.

# CHAPITRE ONZE
# L'ARRIVÉE À NEW YORK
*Jeudi 18 avril 1912, 8 h 30*

— Nous sommes passés devant le phare de Nantucket, tôt ce matin, nous a annoncé le major Peuchen au déjeuner. On m'a dit que nous devrions être dans le port de New York ce soir.

En entendant le nom de New York, j'ai senti un frisson d'excitation. Je rêvais depuis toujours de visiter New York! Le *Carpathia* avait été comme une bulle de sécurité, après le naufrage. Mais j'en avais assez de dormir à la dure, sur le plancher du fumoir. Et j'avais vraiment envie d'avoir des vêtements propres et de dormir dans un vrai lit. Quand j'ai regardé ma mère, assise à table en face de moi, j'ai vu qu'elle était soucieuse.

— Je suis sûr que nous pourrons trouver un hôtel pour ce soir, ai-je dit en lui tapotant l'épaule.

Elle s'est contentée de hocher la tête. Je me suis alors rendu compte que, en dépit de tout, elle espérait encore que mon père nous attendrait sur le quai. Je me suis alors senti coupable d'être excité de voir New York. Je me suis aussi rendu compte que, dorénavant, c'était à moi de veiller sur ma mère. Elle était presque complètement remise de son rhume, mais elle semblait encore très fragile, comme si depuis dimanche soir, elle était devenue une vieille dame.

— J'ai l'intention de descendre au Waldorf, a dit le major. Nous pouvons nous y rendre tous ensemble à bord du même taxi, si cela vous convient.

— C'est très gentil à vous, a dit ma mère d'une voix calme.

Le Waldorf-Astoria! Johnnie m'avait raconté que M. Astor était le propriétaire de ce célèbre hôtel. Bizarre, quand on pensait qu'il ne le reverrait jamais. J'avais entendu dire que sa jeune veuve, Madeleine Astor, partageait la cabine du commandant avec la mère de Jack. J'ai repensé à la fois où le chien de M. Astor avait fait si peur à Sykes et que, à cause de cet incident, nous nous étions retrouvés sur le gaillard d'avant. Cela s'était-il vraiment passé une semaine plus tôt? Il me semblait que nous étions bien jeunes à ce moment-là. J'avais l'impression que plus jamais je ne pourrais me comporter en petit garçon insouciant.

J'ai regardé mes œufs brouillés dans mon assiette. C'était notre dernier déjeuner à bord du *Carparhia*. Aujourd'hui, contrairement aux autres jours, il y avait des fruits, du jambon et des muffins au menu. J'ai supposé que, dans les cuisines, on avait voulu ménager les provisions depuis notre arrivée à bord, de peur d'en manquer. J'ai cherché Johnnie des yeux dans la salle à manger, mais il n'était à aucune table. J'ai aperçu un pékinois qui avait survécu, assis avec le couple d'Américains à qui il appartenait. Deux autres chiens de petite taille étaient montés dans les canots de sauvetage, m'avait-on dit.

— Sauver un *chien* alors que des gens sont en train de se noyer : incroyable! avais-je entendu dire quelqu'un, d'un ton désobligeant.

Des femmes qui avaient perdu leur mari semblaient en vouloir aux hommes qui avaient survécu. « Comment as-tu fait pour quitter le *Titanic*? » m'avait-on demandé plus d'une fois. Pas étonnant que Johnnie soit sur la défensive. Le major Peuchen était, lui aussi, la cible du ressentiment de ces femmes. Tant et si bien qu'il avait demandé au lieutenant Lightoller de lui écrire une lettre expliquant qu'il avait lui-même ordonné au major d'embarquer dans le canot.

On parlait aussi d'un couple d'aristocrates anglais, Lord et Lady Duff Gordon, qui auraient quitté le *Titanic* dans « leur canot de sauvetage personnel », avec seulement trois autres passagers et sept hommes d'équipage, alors que ce canot aurait pu prendre 40 personnes à son bord. Les survivants de ce canot avaient tous posé pour une photo sur le pont du *Carpathia*. Il paraît même que l'un d'eux avait crié « On sourit! » juste avant de prendre le cliché. Les gens qui se trouvaient tout près ne s'étaient pas gênés pour manifester leur indignation.

La pluie et le brouillard ont continué tout l'avant-midi. Je me suis donc réfugié dans le fumoir, avec mon livre. Dans l'après-midi, je me suis promené sur le pont avec Norris. Ses jambes allaient mieux de jour en jour. Il parlait d'entrer à Harvard à l'automne et de se remettre en forme afin de pouvoir jouer pour la coupe Davis.

Durant toute la journée, le timbre lugubre de la corne de brume n'a pas cessé de retentir. À un certain moment, j'ai cru entendre une autre corne qui lui répondait depuis la côte. J'ai tendu l'oreille et je l'ai entendue une deuxième fois.

— C'est probablement la corne du phare de Fire Island, au large de Long Island, a dit Norris. Je suis déjà allé à la plage dans ce coin-là. Nous allons être de retour à la maison dans quelques heures.

— Peut-être toi, ai-je répliqué. Nous, nous avons encore toute une journée de voyage à faire avant d'arriver à Montréal. Mais il faudra d'abord que je m'achète des vêtements neufs à New York.

— Oui, a dit Norris en souriant. C'est vrai que les bagages ne seront pas longs à faire!

On nous a servi un dernier repas sur le *Carpathia*. Une fois de plus, j'ai pris place à table avec ma mère et le major Peuchen. On nous a annoncé que les passagers de première classe seraient les premiers à débarquer et que la White Star Line allait fournir des voitures sur le quai, qui nous emmèneraient chacun à destination. Nous nous sommes entendus pour que ma mère et moi retrouvions Rosalie, puis que tous trois nous allions rejoindre le major Peuchen sur le pont, pour débarquer tous ensemble. Ma mère portait la robe qu'elle avait en quittant le *Titanic*, dimanche soir. Elle avait quand même plus de chance que d'autres femmes qui, sous leur manteau, étaient en robe de nuit.

En approchant du port de New York, au début de la soirée, un orage a éclaté, suivi d'une pluie battante. Je me suis réfugié sur un pont qui était couvert, espérant voir la statue de la Liberté pour la première fois. Finalement, je l'ai entrevue quelques secondes seulement, illuminée par les éclairs. Il y avait d'autres éclairs : ceux des flambeaux au magnésium des photographes de presse qui étaient montés à bord des remorqueurs et des petits bateaux qui entouraient le *Carpathia*. Il y avait aussi à leur bord des journalistes qui lançaient leurs questions dans des porte-voix.

— Avez-vous vu M. Ismay ? a crié l'un d'eux.

— M. Astor est-il à bord ? a crié un autre.

J'ai regardé les quelques passagers qui se tenaient près de moi, contre le bastingage. Nous avions tous l'air ahuris. Manifestement, le naufrage du *Titanic* prenait plus de place sur le radar médiatique que nous l'avions imaginé. Norris a dit qu'un journaliste avait même réussi à monter à bord du bateau qui avait emmené le pilote du port afin de se faufiler sur le *Carpathia*. Le commandant Rostron l'avait à l'œil sur la passerelle de navigation.

Quand le *Carpathia* est passé au sud de la pointe de Manhattan, à notre grande surprise, dans l'obscurité nous avons aperçu des milliers de personnes dans Battery Park : une énorme foule silencieuse rassemblée sous la pluie.

— Dieu du Ciel! s'est exclamé quelqu'un. Que sont donc venus faire tous ces gens?

— Je crois qu'ils sont venus nous accueillir, a répondu un autre.

Le *Carpathia* s'est ensuite approché de la rive. Il est passé devant les docks de la Cunard Line, puis il s'est dirigé vers l'imposante gare maritime de la White Star Line. Nous avons pensé que le navire s'arrêterait là, mais non. Les canots de sauvetage du *Titanic* ont été descendus le long du flanc du navire. Quatre d'entre eux ont été déposés sur le pont d'un remorqueur et sept autres ont été mis à l'eau, attachés derrière celui-ci. Le tableau était pathétique : ces quelques canots étaient tout ce qui restait à amarrer aux docks de la White Star Line! Si seulement le *Titanic* avait pu réussir à manœuvrer entre les icebergs, à l'heure qu'il était on entendrait un concert de sirènes, et tous les navires-pompiers du port cracheraient de véritables geysers, en l'honneur du *Titanic* qui terminerait sa traversée inaugurale à New York.

Nos moteurs sont repartis. Nous nous sommes dirigés à petite vitesse vers les docks de la Cunard Line pour nous amarrer. Les remorqueurs ont tiré le *Carpathia* jusque dans le bassin, puis contre le quai. Nous avons entendu le bruit des deux passerelles qu'on descendait. J'ai retrouvé ma mère et Rosalie devant la passerelle avant, juste un peu après 21 heures. Nous avons cherché des yeux le major Peuchen. Il est arrivé peu après, avec une dame qui tenait un bébé dans ses bras. Je ne la connaissais pas. J'ai supposé que le major lui avait offert de l'aider à débarquer.

Sur les quais, une scène incroyable nous attendait. Des barrières en bois avaient été installées en prolongation des passerelles, formant deux passages au milieu de la foule jusqu'à la gare maritime de la Cunard Line. En voyant la foule qui attendait en bas, ma mère s'est aussitôt retournée. Je lui ai tendu la main, et elle l'a serrée très fort. Les premiers passagers ont commencé à descendre la passerelle. Certains étaient en habit de soirée et d'autres, enroulés dans une couverture. Nous avons entendu des noms criés par des gens dans la foule et nous avons assisté à des scènes de retrouvailles émouvantes. En arrivant au haut de la passerelle, je me suis retourné vers le major Peuchen. D'un signe de tête, il m'a signifié d'y aller. Rosalie s'est engagée la première, puis moi, escortés de ma mère. En arrivant sur le quai, nous étions entourés par une mer de visages sous un éclairage blafard. Soudain, Arthur était devant nous.

— Arthur! s'est écriée ma mère. As-tu des nouvelles de ton père?

Il a simplement baissé les yeux, puis secoué la tête. J'ai alors entendu ma mère étouffer un cri de détresse et je l'ai sentie s'effondrer à mon bras. Arthur l'a vite rattrapée en la prenant par la taille. Elle a posé sa tête sur son épaule pendant quelques secondes, puis elle l'a suivi jusque dans la gare maritime. Je me suis retourné pour voir où était rendu le major Peuchen. Je l'ai aperçu qui se tenait en retrait, occupé à parler à des journalistes.

— De la négligence! De la pure négligence, l'ai-je entendu.

Les journalistes avaient trouvé leur homme!

Quand je suis entré dans la gare, Arthur s'est tourné vers moi et m'a demandé les cartes de débarquement qu'on nous avait données sur le *Carpathia*. Je les ai sorties de ma poche. Il les a aussitôt saisies et les a données au douanier. J'ai dit à Arthur que nous allions descendre au Waldorf-Astoria et que la White Star Line allait couvrir nos dépenses.

— J'ai déjà fait les réservations, a-t-il répliqué vivement.

À voir son attitude, il était clair qu'il se considérait maintenant comme le chef de la famille. J'ai regardé Rosalie, et elle a levé les yeux au ciel, compatissante.

— Attention, il y a toute une cohue à la sortie,

a dit Arthur tandis que nous nous dirigions vers la porte de la gare.

Il ne se trompait pas. En arrivant dans la rue, nous avons été aveuglés par les flambeaux au magnésium des photographes. Des centaines de policiers formaient une chaîne afin de contenir la foule. Plus de 30 000 personnes s'étaient rassemblées, ai-je appris par la suite.

— Est-ce toi, le garçon qui s'est habillé en fille? a crié un journaliste en s'approchant si près de mon visage que je pouvais sentir son haleine.

— Je vais te payer si tu me racontes ton histoire, p'tit gars! a crié un autre.

Arthur s'est retourné et m'a pris par la main, même si je me débrouillais parfaitement bien sans lui. Nous nous sommes frayé un chemin jusqu'à un taxi et nous sommes montés tous les quatre dans la voiture. Rosalie s'est assise en avant, à côté du conducteur. Notre conducteur klaxonnait afin de pouvoir avancer lentement sous la pluie dans les rues bondées.

— Je ne comprends pas, a dit ma mère d'une voix chevrotante. Tous ces gens n'avaient certainement pas tous de la famille qui voyageait à bord du *Titanic*.

— Non! C'est évident, a répliqué Arthur. Ils sont venus par pure curiosité. On ne parlait que du *Titanic* cette semaine dans les journaux. L'insubmersible paquebot… Et tous ces millionnaires morts noyés… Ça n'en finissait plus!

— On dit que c'est l'événement du siècle, a dit le conducteur.

— Fantastique! La mort de mon mari offre... du divertissement... a dit ma mère en fondant en larmes.

— Oh! madame, je suis désolé, a répondu le conducteur. Je ne savais pas...

— À Halifax, un bateau a été envoyé afin d'aller récupérer des corps, a dit Arthur en lui entourant les épaules de son bras. Je prie pour qu'il nous le ramène et que nous puissions l'enterrer décemment.

Arthur avait dit cela pour la consoler, mais en entendant les mots « corps » et « enterrer », ma mère s'est mise à sangloter.

Bravo Arthur! Il y avait une demi-heure à peine, elle espérait encore apercevoir son mari sur le quai.

Maman s'est vite efforcée de ne plus pleurer, embarrassée de se donner en spectacle au conducteur de taxi.

— Il n'y a donc... pas une chance... une seule petite chance... qu'il ait été secouru par un autre navire? a-t-elle demandé.

— Non. Malheureusement non, a répondu Arthur, plein de tristesse.

— Pauvre... cher... Henry, a-t-elle simplement dit.

Nous sommes restés assis sans dire un mot jusqu'à ce que nous arrivions devant un énorme bâtiment de grès rouge qui avait d'impressionnantes portes cintrées.

— Soyez les bienvenus au Waldorf-Astoria, a dit un homme en uniforme en ouvrant la portière contre laquelle je me trouvais. Permettez-moi de m'occuper de vos bagages.

— Nous n'avons pas de bagages, ai-je dit en haussant les épaules tandis qu'il regardait mon chandail sale.

— Nous sommes déjà installés, a dit Arthur.

Le hall de l'hôtel était encore plus beau que je ne l'imaginais, avec des colonnes de marbre et de magnifiques plafonds à dorures. Arthur avait réservé deux suites. Nous avons d'abord conduit ma mère et Rosalie dans la leur et nous les avons aidées à s'installer. La suite d'Arthur avait une chambre avec un grand lit et une autre plus petite, avec un petit lit, prévue pour une bonne ou un valet de chambre.

— Je vais prendre la petite chambre, ai-je dit à Arthur.

— Tu n'es pas obligé...

— Non, ne t'en fais pas, l'ai-je interrompu. C'est cent fois mieux que le plancher sur lequel j'ai dû dormir.

L'idée d'un bon bain chaud était très tentante, mais je me suis soudain senti extrêmement fatigué. Je me suis déshabillé, je me suis glissé sous les draps tout propres et j'ai sombré dans le sommeil.

\* \* \*

Le lendemain matin, je me suis fait couler un bain

bien chaud avec de la mousse. Je trempais dedans avec le plus grand plaisir quand Arthur est entré dans la salle de bain.

— Il va falloir aller t'acheter des vêtements neufs, a-t-il dit. Pour le déjeuner de ce matin, je peux te prêter une chemise et un veston pour que tu puisses te présenter à la salle à manger.

Ses vêtements étaient un peu grands pour moi. Je me sentais un peu bizarre quand nous avons pris l'ascenseur pour aller déjeuner. Arthur m'a dit que ma mère et Rosalie déjeunaient dans leur chambre. Il portait un brassard noir, et je me suis dit qu'il m'en faudrait probablement un, moi aussi.

Le hall de l'hôtel était si bondé que nous avons dû attendre pour avoir une table.

— Nous sommes très occupés ce matin, monsieur, a dit le garçon de table quand nous avons finalement pu nous asseoir. Nous avons des sénateurs venus de Washington. Ils procèdent à une enquête sur la catastrophe du *Titanic*, dans le salon Est.

— Oui, j'ai perdu mon père sur le *Titanic*, a répondu Arthur.

Je n'en croyais pas mes oreilles : il avait dit *mon* père, pas *notre* père!

— Désolé de l'apprendre, monsieur, a répliqué le garçon.

Après le déjeuner, Arthur a proposé que nous nous rendions chez Macy pour m'acheter des vêtements.

— Ce n'est qu'à quelques rues d'ici, a-t-il dit.

Dans le hall de l'hôtel, des journalistes entouraient le major Peuchen. Sa femme, son fils et sa fille étaient avec lui. Il portait un costume que sa famille lui avait probablement apporté de Toronto.

— Je n'ai jamais rien dit de malveillant envers le commandant Smith, ai-je entendu dire le major.

Puis on m'a appelé. C'était le major qui me faisait signe de venir. Je me suis retourné vers lui avec réticence.

— Ce jeune homme a passé toute la nuit debout, sur un canot renversé, a dit le major en me montrant du doigt.

J'ai rougi quand les journalistes ont commencé à me bombarder de questions. Arthur se tenait en retrait. Je lui ai fait signe de venir à mon secours. Il a aussitôt posé son bras sur mes épaules, et nous nous sommes éloignés de la horde de reporters. Puis, devant la porte de l'hôtel, nous avons dû jouer des coudes pour nous frayer un passage au travers d'une autre meute de journalistes.

— Nous attendons Ismay, ai-je entendu dire l'un d'eux. Il est sur la sellette, ce matin!

Au déjeuner, Arthur m'avait dit que J. Bruce Ismay s'était fait massacrer par les journalistes parce qu'il avait embarqué dans un des derniers canots de sauvetage.

— Ils ont besoin d'un bouc émissaire, a dit

Arthur. Qui pourrait-on trouver de mieux à blâmer que le président de la White Star Line?

Je lui ai répondu que nous n'avions pas vu Ismay un seul instant sur le *Carpathia* et qu'on racontait qu'il était à bout de nerfs.

— Le major Peuchen me semble un homme charmant, a fait remarquer Arthur tandis que nous marchions sur la 34$^e$ rue. Je suis sûr qu'il a été d'un grand secours pour maman et toi.

— Oui, sans doute, ai-je répliqué. Mais il devrait apprendre à moins parler.

— Et toi, Jamie, tu devrais apprendre à être plus respectueux, a dit Arthur.

— Et toi, tu devrais cesser de me parler comme à un enfant, ai-je répondu du tac au tac.

Nous avons marché en silence jusque devant chez Macy. C'était le plus grand magasin que j'aie jamais vu. Il semblait occuper à lui seul tout un pâté de maisons. Des bandeaux noirs étaient tendus dans les fenêtres de la façade. À l'intérieur, une photo encadrée d'un couple de personnes âgées était accompagnée d'un écriteau où on pouvait lire : *Isidore et Ida Straus. Ils ont vécu magnifiquement et sont morts glorieusement. Tous leurs employés les regretteront.*

— Straus était l'un des propriétaires de Macy, a dit Arthur. Ils sont morts tous les deux dans le naufrage du *Titanic*.

— Je sais, ai-je dit en me rappelant la vieille dame

qui était débarquée du canot de sauvetage pour rester auprès de son mari. Je les ai vus ensemble, pendant le naufrage.

Arthur m'a regardé, l'air d'en douter, comme si j'avais inventé cette histoire.

* * *

Je n'avais jamais été un grand lecteur de journaux. Néanmoins, pendant les deux jours suivants, j'ai dévoré tout ce qui a pu me tomber sous la main. L'histoire du *Titanic* s'étalait à pleines pages, et j'étais abasourdi de voir la quantité de fausses informations colportées. On racontait que William Sloper s'était habillé en femme pour pouvoir embarquer dans un canot de sauvetage. Je savais bien que c'était faux! J. Bruce Ismay se faisait taper dessus de tous côtés en raison des réponses évasives qu'il avait données vendredi, à la commission d'enquête du Sénat. Dans un journal, on montrait une photo de lui, entourée de clichés de femmes devenues veuves à cause du naufrage du *Titanic*. La légende était : *J. BRUTE Ismay*.

Pour le voyage en train jusqu'à Montréal, Arthur avait acheté toute une pile de journaux. Je les ai déposés sur un siège assez loin de maman, car je savais qu'elle n'aimerait pas les voir. Nous étions restés à New York jusqu'au dimanche parce que, vendredi et samedi, elle avait passé presque toute la journée au lit, épuisée et morte de chagrin. Dans un journal, il y avait la photo de l'opérateur radio Harold Bride au moment où on le faisait descendre du *Carpathia*, avec ses pieds enroulés dans des bandages. J'ai lu le témoignage qu'il avait donné, le samedi, à la commission d'enquête du Sénat, où il avait raconté ses dernières minutes dans la cabine radio.

Tous les journaux, semblait-il, avaient les photos de deux bambins d'origine française, qu'on avait baptisés « les orphelins du *Titanic* ». Je les ai reconnus : c'étaient les deux petits garçons qu'un homme disant s'appeler Hoffman avait fait embarquer dans le dernier canot de sauvetage.

Dans la pile des journaux du dimanche, je suis tombé sur un article vraiment étonnant. À côté de la photo de Jack Thayer, il y avait une série de six croquis surmontés d'un en-tête : *La vérité sur le naufrage du* Titanic. Les informations venaient de Jack Thayer et les croquis étaient de Lewis Skidmore, était-il précisé.

— Oh non! ai-je dit, si fort que les passagers du train se sont retournés pour me regarder.

Jack avait-il seulement vu ces dessins? me suis-je demandé. Si j'avais pu les voir, j'y aurais, bien sûr, apporté quelques corrections. Le premier montrait le *Titanic* chevauchant une énorme montagne de glace. Le quatrième le montrait brisé en deux, avec la proue et la poupe dressées en l'air. Même si je ne suis pas particulièrement talentueux en dessin, j'ai tout de suite pris ma plume et j'ai commencé à corriger les croquis. Peut-être que je pourrais trouver un journal à Montréal, prêt à publier des dessins plus exacts?

Au bout de quelques heures, le train a ralenti, car nous approchions de la frontière canadienne. Nous avons tous dû descendre, puis passer par le bâtiment des douanes. Quand le douanier a vu les brassards noirs que nous portions, Arthur et moi, et ma mère et Rosalie habillées en noir, il nous a fait passer en nous couvant d'un regard de compassion.

Quelques heures plus tard, j'ai regardé par la fenêtre et j'ai vu que nous étions arrivés aux limites de Montréal. En entrant en gare, je retrouvais la ville qui m'était si familière. Quand le taxi s'est arrêté devant la porte, notre maison de Westmount ne semblait pas avoir changé.

Pourtant, je savais que, pour moi, rien ne serait jamais plus comme avant.

# CHAPITRE DOUZE

# LE VOYAGE À HALIFAX

*1er mai 1912*

— Le corps de ton père a été retrouvé, m'a dit maman d'une voix chevrotante. Arthur va se rendre à Halifax et va nous le ramener.

— J'y vais moi aussi, ai-je répliqué.

— Oh! Jamie, non. Ça risque d'être plutôt pénible...

— Pas plus pénible que d'avoir survécu au naufrage du *Titanic*, ai-je répondu.

— Je ne suis pas sûre qu'Arthur voudra s'occuper de toi...

— Je n'ai pas besoin qu'on *s'occupe* de moi, maman, l'ai-je interrompue. Je ne suis plus un enfant.

Arthur a alors dévalé les escaliers.

— Nous n'avons absolument pas besoin d'être deux à Halifax! a-t-il lancé, par-dessus la rampe. Je suis *parfaitement* capable de m'occuper de tout!

— J'en suis convaincue, a dit ma mère.

— Mais tu n'y étais pas, Arthur, lui ai-je rappelé avec insistance. C'est moi qui l'ai vu en dernier (ma voix s'est brisée un peu), et je veux le ramener à la maison.

161

Il y a eu un court silence, interrompu seulement par les pleurs de ma mère, étouffés par son mouchoir.

— Je t'en prie, Arthur, a-t-elle dit à travers ses larmes. Je t'en prie… Emmène-le.

Arthur a lâché un grand soupir, puis il a dévalé le reste de l'escalier. Il est sorti par la porte avant en la faisant claquer derrière lui.

Maman est allée au salon et a fermé les portes coulissantes. Elle ne tenait pas à ce que les domestiques la voient pleurer.

Le soir, quand Arthur est rentré du travail, il a passé la tête dans l'embrasure de la porte de ma chambre. Je lisais étendu sur mon lit.

— Le train part à 8 h 45 demain, m'a-t-il annoncé d'une voix neutre. Nous allons passer une nuit à bord du train et une autre à Halifax. Prépare ton bagage.

Il faisait encore la tête pendant le souper. Le silence était lourd entre nous deux. Ma mère avait demandé qu'on lui serve son repas dans sa chambre. Mon frère prenait son nouveau rôle de chef de famille un peu trop au sérieux à mon goût. Je n'aurais jamais osé le dire, mais il me semblait presque prendre plaisir à recevoir tant d'attention et de marques de sympathie parce qu'il avait perdu son père sur le *Titanic*. Le lendemain de notre retour de New York, il avait assisté à une cérémonie à la mémoire des Allison, même s'il les connaissait à peine.

— J'y suis allé en tant que représentant de notre

famille, m'a-t-il répondu quand je l'ai questionné. Notre père a connu Hudson Allison dans le cadre de son travail à la banque. Il aurait voulu que j'y assiste.

Les journaux de Montréal publiaient à pleines pages des articles au sujet des Allison : Hudson Allison, un riche homme d'affaires montréalais, sa femme et leur fille de trois ans avaient tous les trois péri dans le naufrage du *Titanic*. Seul leur nouveau-né, Trevor, avait survécu. Quand, dans ce journal, j'ai vu la photo d'une bonne d'enfants tenant Trevor dans ses bras, j'ai tout de suite reconnu la femme qui était débarquée du *Carpathia* avec un enfant, accompagnée du major Peuchen. On pouvait lire en manchette : *Le major Arthur Peuchen débarque avec un orphelin dans les bras.* C'était un peu exagéré!

Plusieurs journaux avaient publié une photo d'Hudson Allison avec sa femme, Bess, et leur fille Loraine. Je me rappelais avoir vu, le dernier soir, cette petite famille tranquille, assise dans la salle à manger avec le major Peuchen et M. Molson. Dans les journaux, on racontait que la bonne d'enfants avait pris Trevor avec elle dans un canot de sauvetage, sans en avertir Mme Allison. Apparemment, celle-ci aurait cherché désespérément son bébé. Quand elle aurait finalement appris qu'il était parti avec sa bonne, tous les canots étaient déjà à l'eau. En regardant la photo des Allison, j'ai pensé à la petite Loraine accrochée à sa mère tandis que les vagues géantes se brisaient sur le pont qui s'enfonçait dans l'eau. J'en avais la chair de poule.

Tous les jours depuis notre arrivée à New York, le nom du major Peuchen se trouvait dans les journaux. *Le major Peuchen blâme le commandant Smith, mort dans le naufrage*, pouvait-on lire en tête d'un article dans lequel le major accusait le commandant de « négligence criminelle ». La semaine suivante, le major faisait encore les manchettes après avoir témoigné devant la commission d'enquête du Sénat. En terminant, il avait lu une déclaration pour préciser « qu'il n'avait jamais rien dit de malveillant envers le commandant Smith ». Durant son interrogatoire, il avait aussi affirmé qu'il avait vu le *Titanic* sombrer d'un seul morceau, à l'appui de ce qui semblait être devenu la version « officielle ».

Frederick Fleet, la vigie qui avait aperçu l'iceberg depuis le nid-de-pie, avait témoigné juste avant lui. Il avait déclaré que, depuis le départ de Southampton, il n'y avait plus de jumelles dans le nid-de-pie. S'il y en avait eu, avait-il dit, on aurait pu voir l'iceberg « d'assez loin pour pouvoir le contourner ». J'ai rajouté les jumelles à ma liste de tous les « si seulement » de l'histoire du *Titanic*. Si seulement on avait prêté attention aux avertissements de glaces et qu'on avait ralenti. Si seulement il y avait eu assez de canots de sauvetage pour prendre toutes les personnes à bord du *Titanic*. Si seulement ce navire dont on avait aperçu les lumières à l'horizon était venu à la rescousse.

Il me semblait maintenant clair que le « mystérieux » bateau était le *Californian*, que nous avions vu passer près du *Carpathia*, le matin de notre sauvetage. Trois jours après la comparution du major Peuchen devant la commission d'enquête, le commandant Lord, du *Californian*, avait été convoqué à un interrogatoire serré par les sénateurs américains. Il avait déclaré que, la nuit du 14 avril, il avait aperçu un champ de glaces à l'horizon et qu'il avait stoppé les machines à 22 h 21. Il avait décidé d'attendre là jusqu'à l'aube. Juste avant 23 h, les hommes de quart avaient aperçu les lumières d'un grand paquebot qui approchait. Par la suite, ils avaient vu huit fusées de détresse. Ils avaient tenté de communiquer à distance avec le paquebot en code morse lumineux, au moyen d'une lampe Aldis, mais ils n'avaient reçu aucune réponse. Pire encore, leur opérateur radio était parti se coucher, et personne n'avait eu la présence d'esprit d'aller le réveiller. Si quelqu'un l'avait fait, on aurait reçu les messages de détresse du *Titanic* et on serait venu à la rescousse. Si seulement ça s'était passé ainsi, je n'aurais pas à me rendre à Halifax pour récupérer le corps de mon père.

Tôt, le lendemain matin, tandis que nous attendions notre train à la gare Bonaventure, Arthur est allé acheter tous les journaux en vente dans le kiosque. Il est revenu les bras chargés et m'a donné la moitié de la pile. Je savais qu'il lisait tout ce qui lui tombait sous la main au sujet du naufrage. Pourtant, il ne m'avait jamais posé une seule question sur ce que j'avais vécu à bord du *Titanic* et sur mes dernières heures passées avec notre père.

Arthur et moi n'avions jamais été très proches. Il était beaucoup plus vieux que moi et, quand j'étais petit, il passait presque toute l'année au pensionnat. Maintenant qu'il se considérait comme le « chef de la famille », il ne semblait pas savoir quoi faire de moi. Peut-être me considérait-il comme un enfant trop jeune pour comprendre ce qui était arrivé. Peut-être m'en voulait-il d'avoir survécu alors que notre père s'était noyé? Ou peut-être me blâmait-il pour la mort de papa? Toutes sortes de questions déchirantes me tenaillaient l'esprit.

Une fois à bord du train, nous nous sommes assis chacun d'un côté de l'allée, le nez plongé dans nos journaux. Le train longeait le fleuve Saint-Laurent. Je regardais les arbres avec leurs toutes nouvelles feuilles vert tendre. Je repensais à notre voyage en train, de Londres à Southampton. Était-ce vraiment trois semaines plus tôt?

Quand le contrôleur est venu vérifier nos billets, il a jeté un coup d'œil sur les manchettes du journal que j'avais posé sur mes genoux.

— Une bien triste histoire, le *Titanic*, a-t-il commenté. La semaine dernière, tous les trains du

Grand Trunk ont observé cinq minutes d'arrêt en l'honneur de M. Hays, notre président.

— Oui! J'ai rencontré M. Hays…

— Notre père connaissait bien Charles Hays, m'a interrompu Arthur. Lui aussi est mort dans le naufrage du *Titanic*.

— Toutes mes condoléances, monsieur, a dit le contrôleur en arrêtant son regard sur le brassard noir d'Arthur. Toutes mes condoléances.

— Pas besoin de raconter nos histoires à *tout le monde*, Jamie, m'a grommelé Arthur de derrière son journal, une fois le contrôleur parti.

— Ce n'est pas *moi* qui ai été indiscret, ai-je rétorqué vivement en prenant un autre journal et en l'ouvrant devant moi brusquement, en colère.

Au dîner, dans la voiture-restaurant, Arthur était toujours aussi désagréable. Il m'a expliqué qu'il avait fait le nécessaire pour que les funérailles de papa aient lieu le vendredi suivant dans la cathédrale Christ Church et qu'il serait enterré au site familial du cimetière du mont Royal.

Après le dîner, je suis retourné à mes journaux. J'ai lu un article sur la deuxième comparution de J. Bruce Ismay devant la commission d'enquête américaine, le 30 avril. Les sénateurs l'avaient cuisiné afin de savoir s'il avait, oui ou non, incité le commandant Smith à augmenter la vitesse de croisière du *Titanic*.

Dans un journal, on rapportait que la mère de

Johnnie Ryerson avait déclaré qu'Ismay lui avait montré un message d'avertissement de glaces et qu'il lui avait expliqué qu'ils accéléraient pour pouvoir traverser le champ de glaces. Ismay niait tout. Cette lecture m'a fait penser à Johnnie. J'ai décidé de lui écrire une lettre dès que je serais rentré à la maison.

* * *

Le lendemain, tandis que notre train entrait dans Halifax, je me suis senti étonnamment reposé après une nuit passée en voiture-lit. Quand j'étais monté dans ma couchette, je n'étais pas sûr de pouvoir bien dormir, mais le bercement du train m'avait vite envoyé au pays des rêves.

— Nous allons d'abord passer déposer nos bagages à l'hôtel, a déclaré Arthur en descendant sur le quai.

Nous sommes descendus à l'hôtel Waverley, sur la rue Barrington, puis nous avons pris un taxi pour nous rendre à la patinoire de curling Mayflower, sur la rue Agricola, qui avait été temporairement transformée en morgue. Comme bien des édifices de la ville, le club de curling était orné de bandeaux noirs en façade. Dehors, une file de corbillards tirés par des chevaux attendait.

— Toutes nos excuses, monsieur, a dit l'homme qui nous a accueillis. Nous avons notre premier enterrement au cimetière Fairview cet après-midi.

Il était assis derrière un bureau, dans une salle où, d'habitude, des spectateurs regardaient des parties de curling. Arthur lui a donné nos noms. L'homme a cherché dans sa liste. Puis il a parlé tout bas à un assistant qui est vite revenu avec une enveloppe brune. Dedans, il y avait une alliance en or, une paire de boutons de manchette et une montre de gousset portant l'inscription J.K.L.

— C'est la montre de mon père, a dit Arthur. Elle appartenait à mon grand-père. Ce sont ses initiales à lui.

— Voilà qui explique la confusion qu'il y a eu pour son identification, a dit l'homme derrière le bureau.

Puis une autre personne est arrivée et nous a conduits à l'étage, dans un bureau où nous devions remplir des formulaires. Ensuite, on nous a emmenés sur la patinoire de curling. Elle avait été divisée en petites salles à l'aide de bâches. Chaque salle contenait trois cercueils.

L'air était chargé d'une forte odeur médicinale, provenant probablement des produits d'embaumement utilisés pour conserver les corps. Dans une des salles, le couvercle d'un simple cercueil de planches de pin était ouvert. En voyant le corps de papa, j'ai étouffé un cri. Ses yeux étaient fermés et son visage livide était très calme. Il portait le manteau noir qu'il avait enfilé par-dessus son pyjama, dans notre cabine. Il y avait du sel de mer séché au col.

— Oui, c'est lui, ai-je tout de suite dit.

Arthur m'a lancé un regard irrité.

— Oui, c'est bien notre père, a-t-il confirmé d'une voix pleine de dignité. Je voudrais faire le nécessaire pour que sa dépouille soit transportée à Montréal.

— Très bien, monsieur, a répondu l'assistant tandis qu'on refermait le couvercle.

Nous sommes retournés à notre hôtel sans dire un mot. Il y avait quelque chose d'irrévocable. Devant le corps inerte de notre père, sa mort semblait soudain réelle.

Ce soir-là, nous avons soupé en silence à l'hôtel, puis nous nous sommes mis au lit. Plus tard dans la soirée, je me suis réveillé à cause d'un bruit dans notre chambre. Je me suis assis et j'ai regardé autour de moi. Un peu de lumière passait sous la porte de la salle de bain. J'ai encore entendu le bruit et j'ai compris que c'étaient des sanglots. De l'autre côté de la porte de la salle de bain, j'entendais Arthur qui tentait d'étouffer ses pleurs, pour ensuite laisser échapper un long gémissement interrompu par des respirations haletantes. Puis je l'ai entendu se moucher. Je me suis vite recouché avant qu'il revienne dans son lit. Je me suis demandé si je devais lui parler pour essayer de le réconforter. Mais je savais qu'il serait gêné s'il savait que je l'avais entendu pleurer.

Le lendemain matin, Arthur était déjà habillé et prêt à descendre déjeuner quand je suis sorti du lit, en pyjama.

— Puis-je te dire une chose? lui ai-je demandé en posant ma main sur son épaule, avant qu'il sorte de la chambre.

Sans lui laisser le temps de répondre, j'ai poursuivi.

— Je veux te dire ce que papa m'a dit en tout dernier, sur le *Titanic* : N'oublie pas de dire à Arthur que je l'aime. Il a aussi dit de ne pas m'inquiéter, car Arthur s'occupera de tout. Ce sont ses derniers mots.

Arthur a eu l'air un peu étonné. Ses yeux se sont remplis de larmes. Il a aussitôt tourné la tête et il est parti. J'avais un peu rajouté à ce que papa avait réellement dit, mais c'était ce qu'il avait vraiment voulu dire.

Arthur ne m'a jamais reparlé de ce que je lui avais dit. Moi-même, je ne suis jamais revenu sur le sujet. Toutefois, durant le voyage de retour vers Montréal, puis dans les jours et les semaines qui ont suivi, je l'ai senti devenir moins dur envers moi. Le chagrin que nous avions tous les deux d'avoir perdu notre père aurait pu nous rapprocher, mais non. À cette époque, les hommes ne parlaient pas facilement de leurs émotions. Au mois de septembre suivant, je suis parti pour le collège Bishop et, peu après, Arthur a été muté dans une banque à Toronto. Quand la Première Guerre mondiale a éclaté en août 1914, il s'est enrôlé comme officier. Exactement trois ans et une semaine après le naufrage du *Titanic*, il est mort gazé lors d'une attaque près d'Ypres, en Belgique.

# LA DÉCOUVERTE DE L'ÉPAVE

*3 septembre 1985*

— Je t'ai apporté tous les journaux, ce matin, papa, m'a dit ma fille.

— Oui! On a retrouvé l'épave du *Titanic*, ai-je dit d'une voix posée.

— Tu le sais déjà? a-t-elle dit, d'un ton un peu déçu.

— Je l'ai entendu à mon radio-réveil ce matin, ai-je répondu.

— Bon! Les premières photos n'ont rien d'extraordinaire, a-t-elle dit en laissant tomber les journaux sur mes genoux. C'est juste tout bleu et tout embrouillé.

J'ai regardé la manchette en rouge à la une du tabloïd: LE *TITANIC* RETROUVÉ. Puis j'ai ouvert le journal : une mosaïque de photos couleur s'étalait sur deux pleines pages. Je les ai parcourues des yeux. L'une d'elles m'a coupé le souffle.

— Oh, mon Dieu! me suis-je exclamé. Regarde! Regarde! Oh mon… mon Dieu!

— Qu'est-ce que tu as vu? a-t-elle dit en regardant par-dessus mon épaule. Je ne vois rien de particulier dans ces photos.

— *Là!* ai-je dit en montrant une des photos du doigt. C'est le gaillard d'avant, à la proue. On voit les chaînes des ancres tendues sur le pont avant, entre les deux guindeaux. Oh mon Dieu! Je n'aurais jamais pensé revoir ça avant de mourir!

— Mais tu ne peux pas être monté là, il me semble! a-t-elle dit.

— J'étais jeune, Marjorie, ai-je répliqué. Johnnie Ryerson et moi sommes allés un peu partout sur ce paquebot.

— Tu ne nous en avais jamais rien dit, a-t-elle dit.

— Eh bien…! C'était une terrible tragédie. Des centaines de personnes sont mortes, dont ton grand-père. Il ne me semblait pas approprié d'en parler. Et ta grand-mère était toujours toute retournée si quelqu'un mentionnait le nom du *Titanic*.

— Qu'est donc devenu Johnnie Ryerson? a-t-elle demandé.

— Je lui ai écrit après les funérailles de ton grand-père, ai-je dit. Il ne m'a jamais répondu. S'il vit encore, ce doit sûrement être un drôle de petit vieux, maintenant. Tout comme moi.

— On dit que l'épave gît par le fond en deux morceaux, a dit Marjorie. Et qu'on ne pourra probablement jamais la remettre à flot.

— C'est aussi bien comme ça, ai-je répliqué. Qu'on laisse donc cette épave là où elle est. J'ai vu la coque se briser en deux, tu sais. Jack Thayer aussi. Mais on ne nous a pas crus. Dommage que Jack ne soit plus là pour voir ces photos.

— Que lui est-il arrivé? a demandé Marjorie.

— Eh bien! Nous avons gardé contact au fil des ans. Mais il a perdu un fils dans le Pacifique, pendant la Deuxième Guerre mondiale, et il a souffert d'une dépression. Il s'est suicidé en 1945.

Des larmes sont montées aux yeux de Marjorie. Elle pensait évidemment à son frère aîné Hank, tué lui aussi pendant la Deuxième Guerre. J'ai été profondément affecté par cette perte, car j'étais très proche de mon fils, contrairement à mon père et moi. Ma femme ne s'en est jamais remise. Je crois que c'est une des raisons de sa mort prématurée, il y a 20 ans.

— Papa, tu as vraiment vécu un moment historique, a dit Marjorie. Il faudrait mettre tout ça par écrit.

— C'est vrai qu'on a voulu m'interviewer au sujet du *Titanic*, ai-je répondu. Mais chaque fois, je ne me sentais pas prêt. Par contre, maintenant, peut-être que…

À croire que ces mots étaient tombés directement dans les oreilles d'un journaliste de *The Gazette* de Montréal. En effet, une heure plus tard, le téléphone sonnait. Ce journaliste était en train d'écrire un article qui traitait de tous les liens entre l'histoire du *Titanic* et Montréal. Il souhaitait donc venir me rencontrer pour en parler. Il m'a semblé quelqu'un de bien, au téléphone. J'ai donc accepté de le rencontrer le lendemain après-midi. Nous avons passé des heures agréables ensemble. Il m'a même raconté des choses que j'ignorais à propos du *Titanic*.

Il m'a demandé s'il m'arrivait de rêver du *Titanic*. Je lui ai dit que oui, quand j'étais plus jeune, mais que ça ne m'était pas arrivé récemment. Parfois les cris de la foule pendant une partie de hockey me rappelaient les hurlements de tous les gens dans l'eau, après le naufrage.

— C'étaient des cris inhumains, ai-je dit. Je les entends encore dans ma tête.

Il m'a dit qu'il ne comprenait pas pourquoi on n'avait pas renvoyé les canots de sauvetage pour aller chercher des naufragés, encore dans l'eau. J'ai dit que moi non plus. C'est une des grandes questions restées sans réponse, dans le drame du *Titanic*.

Avant de repartir, le journaliste m'a raconté qu'il avait interviewé une des filles de Rosalie, à Outremont. Rosalie avait cessé de travailler pour ma mère peu de temps après notre retour, en 1912. Elle s'était mariée et avait eu plusieurs enfants. Quand elle était morte, il y avait dix ans, j'avais assisté à ses funérailles. Un de ses fils m'a raconté qu'ils avaient eu plusieurs chiens quand il était jeune et que Rosalie avait toujours tenu à ce que ce soient des airedales. Je n'avais pas pu m'empêcher de sourire. Je lui ai expliqué que Rosalie adorait notre chien, Maxwell, qui était mort dans le naufrage du *Titanic*.

Le journaliste m'a demandé si j'avais des photos de famille ou des souvenirs avec lesquels il pourrait compléter son article. Je lui ai répondu qu'il faudrait que j'aille regarder dans des coffres et des boîtes, au sous-sol.

— Quand on passe toute sa vie dans la même maison, on accumule bien des choses, lui ai-je expliqué.

J'avais de la difficulté à descendre les escaliers du sous-sol à cause de mes vieux genoux. Ma fille Marjorie était donc venue avec ma petite-fille, Louise, et elles avaient transporté à l'étage, les unes après les autres, des boîtes contenant de vieux albums de photos de famille pour que je puisse les regarder. Quand Louise a découvert d'immenses chapeaux encore ornés de plumes d'autruche, ayant appartenu à ma mère, je l'ai entendue crier d'excitation.

Je n'ai pas retrouvé beaucoup de souvenirs me concernant. Il y avait une photo de moi, en 1912, en uniforme du collège de Winchester, avec mon horrible canotier. Ou encore, le télégramme maintenant jauni envoyé à Arthur depuis le *Titanic* avec son texte : *Salutations du* Titanic. *À NY mercredi. Montréal jeudi. Papa.*

Ce qui m'a fait le plus grand plaisir, c'est de retrouver un exemplaire complètement desséché du journal de 1912 où avaient été publiés les croquis de Lewis Skidmore, exécutés à partir du récit du naufrage du *Titanic* que lui avait fait Jack Thayer. En marge, on pouvait encore distinguer les dessins maladroits que j'avais faits à la plume, pour corriger les erreurs de Skidmore. Je n'étais pas certain que ce document intéresse le journaliste de la Gazette. Au contraire, il en a été très excité.

— Vous êtes sûr que c'est l'original? m'a-t-il demandé.

— Sûr et certain, ai-je simplement répondu avec un sourire en coin.

À ma grande surprise, ce vieux journal avec mes dessins maladroits en marge a fait les manchettes dans les journaux du monde entier. Un des titres les plus souvent repris était : *Un jeune adolescent a vu le* Titanic *se briser en deux. On ne l'a pas cru, à l'époque.* Le journaliste de la Gazette qui m'avait interviewé a sorti cette nouvelle en grande primeur. Plusieurs fois par la suite, il m'a envoyé par la poste des coupures de journaux ayant repris son article, tirées de journaux venant aussi bien du Japon que de l'Arabie saoudite. On m'a appelé de Radio-Canada (CBC), et j'ai été interviewé dans le cadre d'une émission spéciale sur le *Titanic*. Il a même fallu que Marjorie installe pour moi un répondeur téléphonique, car je recevais constamment des appels de journalistes ou d'animateurs de télévision qui voulaient m'interviewer. À ma grande surprise, j'ai découvert qu'il y avait même des organismes regroupant des gens intéressés par le *Titanic*. En tant que dernier survivant canadien, j'ai été invité à des dîners commémoratifs et à des colloques. À mon âge, il est difficile de voyager. Cependant, recevoir toute cette attention a créé une agréable diversion pour un vieil homme comme moi.

Marjorie a rassemblé toutes les coupures de journaux et de magazines dans un bel album tout neuf et elle me l'a présenté, toute fière. En le feuilletant, j'ai repensé à ce que j'avais dit à Johnnie Ryerson, la dernière fois que je l'avais vu : dans un mois ou deux, de toute façon, tout le monde aura oublié l'histoire du *Titanic*!

Je m'étais bien trompé! Au cours des 73 années qui viennent de passer, il n'y a pas un seul jour au cours duquel je n'ai pas pensé au *Titanic*. Comment un si grand nombre de circonstances fortuites avaient-t-elles pu converger et ainsi entraîner une telle tragédie? Pourquoi avais-je été sauvé des eaux noires et glaciales de l'Atlantique alors que 1 500 personnes ne l'avaient pas été? Je n'ai jamais trouvé de réponse à ces questions. Toutefois, chaque jour de ma vie, elles m'ont rappelé que la vie d'un être humain est si fragile, mais ô combien précieuse!

# NOTE HISTORIQUE

Un siècle après son naufrage, le *Titanic* continue de fasciner le monde entier. La plupart des gens savent que, lors de sa traversée inaugurale, il a sombré après avoir heurté un iceberg. Mais ceux qui connaissent l'histoire de sa construction sont beaucoup moins nombreux.

L'idée de construire le plus grand paquebot du monde a été lancée lors d'une soirée donnée à la résidence londonienne de Lord William Pirrie, au cours de l'été 1907. Pirrie était le président des chantiers navals Harland and Wolff. Ce soir-là, son invité était J. Bruce Ismay, directeur de la White Star Line. Ils étaient tous les deux préoccupés par le lancement du *Lusitania*, un nouveau paquebot très rapide et très luxueux de la Cunard Line, principale rivale de la White Star Line. Après le repas, Pirrie et Ismay ont décidé de construire trois nouveaux paquebots qui seraient plus grands et même plus somptueux que le *Lusitania*. En moins d'un an, la Harland and Wolff avait fait tracer les plans de deux paquebots géants. À la mi-décembre 1908, la quille du premier navire, l'*Olympic*, était prête. La construction de son jumeau, le *Titanic*, a commencé le 31 mars 1909. Le troisième, nommé le *Gigantic*, devait être construit plus tard.

Le matin du 31 mai 1911, plus de mille personnes s'étaient rassemblées aux chantiers navals Harland and Wolff, à Belfast, afin d'assister au lancement du *Titanic*. À 12 h 05, une fusée éclairante a été tirée. Aussitôt, l'énorme coque pesant 23 600 tonnes métriques a commencé à glisser dans les eaux du fleuve Lagan, sous les applaudissements de la foule et le son des sirènes des remorqueurs. Puis la coque du *Titanic* s'est mise à flotter doucement sur l'eau. L'*Olympic*, récemment terminé, était amarré tout près. Ce même jour, l'*Olympic* est parti pour Liverpool, en prévision de sa traversée inaugurale au départ de Southampton, le 14 juin 1911. Les deux paquebots étaient pratiquement identiques. Néanmoins, le *Titanic*, une fois terminé, était légèrement plus lourd, ce qui en faisait le plus gros paquebot au monde.

Après son lancement, la coque a été placée en cale sèche pour la mise en état de marche du navire. Au cours des dix mois suivants, on lui a ajouté les ponts supérieurs, les cheminées, tout l'appareillage, ainsi que les aménagements intérieurs et extérieurs. Le 4 avril 1912 après minuit, le paquebot tout neuf est arrivé à Southampton où on allait achever la peinture et les finitions avant le départ pour sa traversée inaugurale, le 10 avril.

Le jour du départ, un peu après midi, le *Titanic*

longeait le quai. Il est alors passé devant deux paquebots plus petits, l'*Oceanic* et le *New York*, amarrés ensemble au quai. Au passage de l'énorme paquebot, le *New York* a rompu ses amarres et s'est placé en travers du passage du *Titanic*. Seulement 1,2 mètre séparait les deux navires quand, depuis la passerelle de navigation du *Titanic*, on a rapidement donné l'ordre « en arrière toute ». Le mouvement de l'hélice de bâbord a déplacé une grosse masse d'eau, et ainsi le paquebot a évité de justesse la collision avec le *New York*. Les remorqueurs ont alors passé les amarres au *New York* et l'ont ramené à quai. Cet incident a retardé d'une heure le départ du *Titanic* qui, ce soir-là, est arrivé en retard à Cherbourg.

Il faisait déjà nuit quand le *Titanic* est reparti de Cherbourg après avoir fait embarquer 274 nouveaux passagers qui avaient pris des navettes pour se rendre jusqu'au paquebot. Parmi eux se trouvaient certains des passagers les plus riches du *Titanic*, comme John Jacob Astor et sa jeune épouse, Madeleine, Arthur Ryerson et sa famille, et les aristocrates britanniques Lord Cosmo et Lady Duff Gordon. Ce soir-là, quand la vigie a pris son poste dans le nid-de-pie du mât de misaine, on a remarqué que les jumelles utilisées durant le trajet de Belfast à Southampton avaient disparu. On l'a noté, mais personne n'a pensé à les remplacer.

Le lendemain matin à environ 11 h 30, le *Titanic*

est arrivé à Queenstown (aujourd'hui appelée Cobh), en Irlande. Sept passagers ont débarqué, dont Francis M. Browne, photographe amateur et alors candidat à la prêtrise chez les Jésuites. Ses photos du *Titanic* sont parmi les rares photos prises à bord et ayant été sauvées du naufrage. À Queenstown, deux navettes ont transporté 120 nouveaux passagers jusqu'au *Titanic*, des immigrants irlandais voyageant en troisième classe pour la plupart, et 1 385 sacs postaux. Tandis que le *Titanic* entreprenait sa grande traversée, un jeune Irlandais, Eugene Daly, a salué son pays natal en jouant à la cornemuse « La complainte d'Erin ».

Au cours des trois jours suivants, le *Titanic* a navigué à très bonne vitesse sur une mer calme. J. Bruce Ismay, qui était à bord pour cette traversée inaugurale, était très satisfait des performances de son tout nouveau paquebot. Le dimanche 14 avril à 9 h, le *Titanic* a reçu un message radio l'avertissant de la présence « d'icebergs et de champs de glaces » droit devant. Des messages similaires lui ont été envoyés tout au long de la journée. Le commandant Smith a changé de cap pour prendre une route plus au sud, mais sans ralentir ni prendre de mesures spéciales. C'était l'habitude à l'époque, quand on voyait des icebergs, de simplement les contourner.

À 23 h 39 ce soir-là, la vigie Frederick Fleet a aperçu une forme sombre droit devant. Il a sonné l'alarme trois fois et a téléphoné à la passerelle de navigation pour faire rapport : « Iceberg droit devant! » Le premier lieutenant Murdoch a aussitôt fait stopper les machines, puis renverser la vapeur. L'homme à la barre avait déjà fait tourner le gouvernail afin d'éviter l'iceberg. Lentement, très lentement, le paquebot a changé de cap. Les officiers ont alors senti une secousse et ils ont entendu un grincement provenant du flanc du navire à tribord. En bas, dans la salle des machines numéro 6, de l'eau glaciale a aussitôt jailli par la coque éventrée. Les chauffeurs de cette salle ont dû se sauver en courant, avant que la cloison d'étanchéité ne se referme complètement.

Le commandant Smith a demandé à un de ses officiers de faire une tournée d'inspection du navire. Quand on lui a rapporté que la soute postale, sur le pont G, était inondée, il est descendu voir par lui-même. Il y a rencontré Thomas Andrews, l'architecte du *Titanic*. Andrews savait que le paquebot comportait 16 compartiments étanches et qu'il pouvait rester à flot avec au plus quatre compartiments inondés. Mais il a découvert que les cinq premiers compartiments à l'avant de la coque se remplissaient d'eau. Or les cloisons entre ces compartiments s'élevaient à seulement trois mètres au-dessus de la ligne de flottaison. Andrews a tout de suite compris que l'eau allait envahir ces compartiments, les uns après les autres. Il a alors évalué qu'il ne restait plus qu'une heure et demie avant que le *Titanic* ne sombre.

À environ 0 h 27, le commandant Smith a demandé à Jack Phillips, l'opérateur radio en chef, de lancer un appel de détresse. Trois navires y ont répondu, le plus près étant le *Carpathia*, à 93 km de distance. Smith savait que le *Carpathia* prendrait des heures à arriver. Il savait aussi qu'il n'y avait pas assez de canots de sauvetage pour les 2 209 passagers et membres du personnel. À cause de normes de sécurité désuètes, le *Titanic* était équipé de seulement 16 canots de sauvetage. Même en les chargeant tous à pleine capacité, on ne pourrait sauver qu'environ la moitié des naufragés. Les premiers canots mis à l'eau étaient à moitié pleins, car à l'ordre « Les femmes et les enfants d'abord », plusieurs femmes hésitaient à abandonner leur mari. Elles voyaient les lumières d'un autre navire au loin et elles se disaient qu'il allait sûrement venir à la rescousse.

En plus des 16 canots, il y avait quatre canots pliants, avec des bords de grosse toile qui pouvaient être relevés. Quand tous les canots ont été partis, deux de ces canots pliants ont été installés sur des bossoirs. Lourdement chargés, ils ont quitté le navire vers 2 h du matin. Tandis que la proue du *Titanic* s'enfonçait dans l'eau, des passagers et des marins ont réussi à dégager les deux autres canots pliants fixés au toit du quartier des officiers. Le premier flottait, mais il était à l'envers. L'autre était à l'endroit, mais rempli d'eau.

À 2 h 20, la poupe du *Titanic* était dressée dans les

airs. Les lumières ont clignoté une fois, puis se sont éteintes pour toujours. Le navire s'est alors brisé en deux, entre la troisième et la quatrième cheminée. Une fois la proue disparue dans l'eau, la poupe, libérée, est retombée sur la mer, puis s'est remplie d'eau et a sombré à son tour. Plus de 1 500 personnes se débattaient dans l'eau glaciale et appelaient au secours. Seuls quelques-uns des 18 canots de sauvetage à flot sont revenus pour les aider. Vingt-huit hommes ont trouvé refuge sur le canot pliant B, qui s'était renversé. Douze autres ont survécu après avoir grimpé dans le canot A, rempli d'eau. Quand le *Carpathia* est finalement arrivé, juste avant l'aube, il a pris à son bord 712 personnes, parmi les 2 209 qui voyageaient sur le *Titanic*.

Tandis que le *Carpathia* se dirigeait vers New York, le naufrage du *Titanic* faisait les manchettes dans les journaux du monde entier. La White Star Line a recruté un petit bateau à moteur de Halifax, le *Mackay-Bennett*. Le 17 avril, il est parti récupérer les corps. On en a retrouvé 306, dont 116 ont été rejetés à la mer parce qu'ils étaient trop décomposés. Trois autres bateaux ont été envoyés. Ils n'ont retrouvé que 22 autres corps. Par la suite, les corps de 59 victimes, réclamés par leur famille, ont été envoyés pour être enterrés chez eux. Les 150 corps restants ont été enterrés dans trois cimetières de Halifax.

Dans la nuit du 18 avril, plus de 30 000 personnes étaient massées sur les quais de la Cunard Line à New York, afin d'assister à l'arrivée du *Carpathia*. Deux sénateurs américains attendaient J. Bruce Ismay, avec ordre de comparaître le lendemain devant une commission d'enquête sur le naufrage, mandatée par le Sénat américain. Ismay était monté à bord d'un des derniers canots de sauvetage. Il allait être la cible d'une avalanche de critiques. La commission d'enquête du Sénat a duré jusqu'au 25 mai, pendant laquelle 82 personnes ont été interrogées. Sa conclusion était que le navire dont les lumières avaient été aperçues depuis le *Titanic* était le *Californian* et qu'il aurait pu venir à temps à la rescousse. Les commissaires ont alors recommandé que les navires soient dorénavant équipés d'un nombre suffisant de canots de sauvetage pour faire embarquer tout le monde à bord, que des exercices d'urgence soient effectués régulièrement et que l'équipement radio des navires fonctionne jour et nuit.

La commission d'enquête britannique, qui s'est tenue du 2 mai au 3 juillet, avec 97 témoins, a fait des recommandations similaires. Les deux seuls passagers à avoir témoigné devant elle étaient Lord et Lady Duff Gordon, qui avaient été abondamment critiqués pour s'être échappés dans un canot qui n'était même pas au tiers plein. La commission d'enquête britannique n'a mis en accusation ni les Gordon ni Bruce Ismay et elle n'a porté aucun blâme contre la White Star Line. Elle n'a rien trouvé non plus qui puisse prouver que les passagers de la troisième classe avaient été traités injustement, malgré le fait qu'ils étaient 710 et que 536 d'entre eux avaient disparu.

Après la catastrophe du *Titanic*, son jumeau, l'*Olympic*, a été modifié afin de rendre sa double coque vraiment étanche. Il a aussi été équipé de 48 canots supplémentaires. L'*Olympic* a eu une longue carrière remplie de succès. En 1935, il a été démantelé, et son mobilier élégant a été vendu à l'encan. La construction du troisième navire s'est terminée en 1914. Il a été baptisé le *Britannic*, au lieu de *Gigantic*. Il n'a jamais transporté de passagers effectuant une croisière. Quand la Première Guerre mondiale a éclaté, le *Britannic* a été converti en navire-hôpital. Il a été coulé par une mine ennemie au large des côtes de la Turquie, le 21 novembre 1916. En août 1995, le professeur Robert Ballard, chef de l'expédition qui avait découvert le *Titanic* dix ans auparavant, a exploré l'épave du *Britannic* à bord d'un petit sous-marin nucléaire.

Depuis sa découverte en 1985, le site de l'épave du *Titanic* a été visité plusieurs fois. On peut maintenant voir des objets qui en proviennent, à l'occasion d'expositions itinérantes. La dernière survivante du *Titanic*, Millvina Dean, est décédée en mai 2009, à l'âge de 97 ans.

# GLOSSAIRE

**Appareiller :** Quand un navire quitte le port, on dit qu'il appareille.

**Bâbord :** Côté gauche d'un bateau, en regardant vers l'avant.

**Bandeau noir :** Longue bande de tissu noir qu'on tend sur la façade ou dans les fenêtres d'un bâtiment afin d'indiquer que ses occupants sont en deuil.

**Barre :** Être à la barre signifie « diriger une embarcation ». Dans une petite embarcation, c'est une barre en bois directement fixée à un petit gouvernail.

**Bossoir :** Appareil soutenant les canots de sauvetage sur un navire et servant à les manœuvrer.

**Brassard noir :** Bande de tissu noir que les hommes portent au bras en signe de deuil.

**Cabine :** Chambre sur un navire.

**Cabine radio :** Local situé sur la passerelle de navigation, où se situent les appareils de communication par radio.

**Canotier :** Chapeau de paille à fond plat, garni d'un ruban.

**Code Morse :** Combinaison de points (signaux courts) et de traits (signaux longs) permettant de communiquer par signaux électriques (télégraphe) ou lumineux (lampe Aldis).

**Flambeau au magnésium :** Ancêtre du flash des photographes.

**Gaillard d'avant :** Structure la plus en avant d'un navire.

**Gîter :** S'incliner, en parlant d'un bateau.

**Guindeau :** Treuil (à axe vertical sur le *Titanic*) qu'on fait tourner pour y enrouler ou dérouler les chaînes des ancres quand on veut les faire monter ou descendre.

**Mât de misaine :** Mât vertical le plus en avant, sur un navire.

**Milice :** Troupe armée formée de volontaires.

**Navette :** Navire servant à transporter des passagers ou des marchandises entre un quai et un grand navire.

**Nid-de-pie :** Poste d'observation situé assez haut sur le mât de misaine.

**Passerelle d'embarquement :** Plan incliné reliant le navire au quai.

**Passerelle de navigation :** Structure ou endroit situé vers l'avant d'un navire, d'où il est dirigé.

**Plat-bord :** Rebord d'une embarcation ou d'un navire.

**Pont A, pont B, etc. :** Les ponts (ou étages) du *Titanic* étaient identifiés par les lettres A à G, du haut vers le bas. Le pont A était le premier pont sous le pont des embarcations.

**Pont des embarcations :** Pont sur lequel se trouvent les canots de sauvetage. Sur le *Titanic*, c'était le pont le plus élevé.

**Pont du coffre :** Un espace ouvert situé plus bas sur le pont d'un navire et qui sépare deux structures. Sur le *Titanic*, il y en avait un à la proue, entre la structure centrale et le gaillard d'avant, et un autre à la poupe, entre la structure centrale et le pont de poupe.

**Poupe :** Partie arrière d'un navire.

**Proue :** Partie avant d'un navire.

**Timonerie :** Partie de la passerelle de navigation où se trouve la roue du gouvernail.

**Tribord :** Côté droit d'un navire, en regardant vers l'avant.

**T.S.F. (transmission sans fil) :** Nom donné à la radio au début du XX$^e$ siècle.

*Deux étudiants du collège de Winchester coiffés
d'un chapeau de paille appelé un canotier.*

*Le millionnaire John Jacob Astor se promenant avec
sa jeune épouse Madeleine et Kitty, leur chienne
airedale-terrier.*

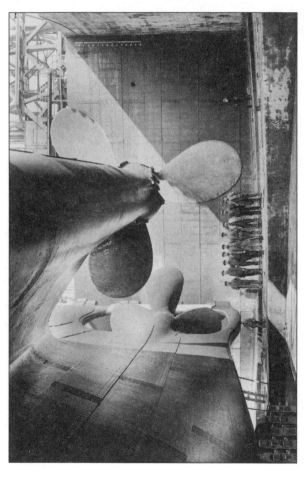

Le Titanic était équipé de trois hélices géantes en bronze. Les deux hélices latérales mesuraient 7 mètres de diamètre et pesaient 34 tonnes chacun. Celle du centre était légèrement plus petite.

*Le Titanic, le 2 avril 1912, quittant Belfast pour son essai en mer qui a duré seulement six heures. Le soir même, le paquebot est parti pour Southampton, en prévision de sa traversée inaugurale.*

*Jack Thayer (en haut) et 27 autres se sont réfugiés sur
un canot renversé (ci-contre) jusqu'à l'arrivée des secours.
Charles Fortune (en bas) est mort dans l'eau glaciale.
Son corps n'a jamais été retrouvé.*

L'équipage d'un bateau parti de Halifax afin d'aller récupérer des corps, tentant de ramener un canot de sauvetage renversé. Ils ont fini par le laisser partir à la dérive.

*Préparation d'une victime du Titanic avant de la mettre dans un cercueil. Parmi les 328 corps retrouvés, 116 ont été rejetés à la mer.*

NO. 124     MALE     ESTIMATED AGE 50     LIGHT HAIR & MOUSTACHE.

CLOTHING  Blue serge suit; blue handkerchief with "A.V.";
belt with gold buckle; brown boots with red rubber soles;
brown flannel shirt; "J.J.A." on back of collar.

EFFECTS  Gold watch; cuff links, gold with diamond;
diamond ring with three stones; £225 in English notes;
$2440 in notes; £5 in gold; 7s. in silver; 5 ten franc
pieces; gold pencil; pocketbook.

FIRST CLASS.                          NAME J.J. ASTOR

---

No.22

Sex- Male     Estimated age 60. Hair grey, bald.
Clothing- blue overcoat, and blue suit, white dress waistcoat,
black boots and purple socks. Two vests marked "R.A." and pink
drawers also marked  "R.A."
Effects- Watch, chain and medals with name on; keys, comb, knife,
eyeglass case.  27:0:0 in gold, $20 gold piece and $64 in notes
1st Class.                          Name, Ramon Artagaveytia

*Les corps ont été numérotés dans l'ordre de leur
découverte. Les effets personnels de chacun ont été
récupérés et inventoriés. John Jacob Astor portait le
numéro 124. Ramon Artagaveytia, un homme d'affaires
de l'Uruguay, avait le numéro 22.*

199

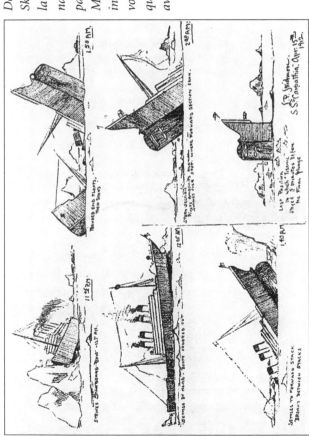

*Dessins de Lewis Skidmore, suivant la description du naufrage donnée par Jack Thayer. Malgré plusieurs inexactitudes, on voit bien le Titanic qui se brise en deux avant de sombrer.*

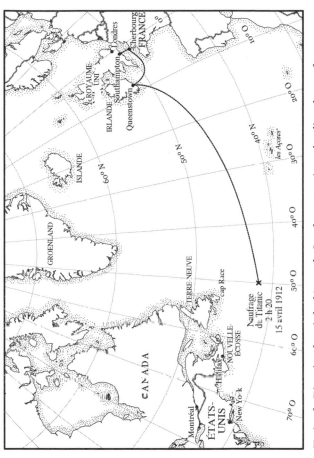

*Trajet du* Titanic, *depuis le départ de Southampton jusqu'au lieu du naufrage dans l'Atlantique Nord, au sud de Terre-Neuve.*

# RÉFÉRENCES PHOTOGRAPHIQUES

Sincères remerciements aux personnes et aux organismes qui nous ont permis de reproduire les documents mentionnés ci-dessous.

Couverture (portrait en haut à gauche) : *Sons of George Cartwright, Calgary, Alberta*, Archives Glenbow, NA-1447-29.

Couverture (photo du bas) : Mono Print, © 1999 topham Picturepoint.

Page 192 : Élèves de Winchester coiffés de leurs canotiers, gracieuseté de John Loewen.

Page 193 : *Madeleine et John Jacob Astor*, Brown Brothers, cliché 676

Page 194 : *Hélices de bâbord et du centre de l'Olympic, avec des ouvriers posant pour la photo au fond de la cale sèche, Avril 1911*, © Musées nationaux de l'Irlande du Nord 2011, collection Harland & Wolff, Musée populaire et des transports d'Ulster, HOYFM. HW.1512.

Page 195 : Le *Titanic*, Brown Brothers, cliché 428.

Page 196 (haut) : *Jack Thayer alors qu'il était membre d'un club d'aviron, en 1915*, Archives de l'Université de Pennsylvanie, 20050914019

Page 196 (bas) : *Charles Fortune*, gracieuseté des Archives du collège Bishop de Lennoxville

Page 197 : © The Titanic Historical Society

Page 198 : *Corps d'une victime du naufrage du Titanic à bord du navire sauveteur* Minia, *au moment où on le prépare à être mis dans un cercueil de simples planches, 1912;* collection de photos de la NSARM, Transport et communication, Navires et transport maritime, *Titanic,* cliché n° 2.

Page 199 (en bas) : *Description des vêtements et des effets personnels du corps n° 22, le passager de première classe Ramon Artagaveytia,* Bureau du médecin légiste, Ville de Halifax et de Dartmouth, NSARM, registre 41, vol. 75, n° 22.

Page 200 : croquis de Lewis Skidmore.

Page 201 : carte de Paul Heersink/Paperglyphs.

L'éditeur tient à remercier Barbara Hehner qui a minutieusement vérifié les faits historiques.

# NOTE DE L'AUTEUR

Dans ce roman, Jamie Laidlaw, sa famille et leur bonne, Rosalie, sont des personnages de fiction. Tous les autres personnages ont réellement vécu. J'ai tenté de décrire ses personnes et leurs expériences de façon aussi exacte que possible. Par exemple, John Ryerson voyageait effectivement à bord du *Titanic*. Il rentrait chez lui avec sa famille, car son frère aîné était décédé suite à un accident de voiture. Toutefois, ses aventures avec Jamie et avec son rat apprivoisé sont le fruit de mon imagination. Suite au naufrage, John Ryerson a refusé de parler du *Titanic* pendant de nombreuses années. Il est décédé en janvier 1986.

Jack Thayer a écrit aux parents de Milton Long pour leur raconter la dernière soirée qu'il avait passée avec leur fils à bord du *Titanic*. J'ai utilisé son récit en y ajoutant Jamie Laidlaw. J'ai aussi réinventé les expériences d'Arthur Peuchen à partir des descriptions qu'il en a laissées. Jusqu'à sa mort en 1929, Peuchen s'est fait constamment accuser de lâcheté parce qu'il avait survécu alors que tant d'autres étaient morts.

Francis M. Browne a été ordonné prêtre de l'église catholique en 1915. Il a été aumônier pendant la Première Guerre mondiale. Il a reçu une médaille en reconnaissance de sa bravoure. Il a toujours été passionné par la photographie et, après sa mort en 1960, on a découvert des albums contenant plus de 42 000 photographies qu'il avait prises. Son compagnon à bord du Titanic, Jack Dudley Odell, a vécu jusqu'en 1995.

L'inauguration du Château Laurier d'Ottawa a été retardée à cause de la mort de Charles Hays dans le naufrage. Le buste de Wilfrid Laurier, du sculpteur Pierre Chevré, a alors été installé dans le hall. Chevré, qui venait d'échapper au naufrage du *Titanic*, est mort deux ans plus tard, ne s'étant jamais remis de ce choc. À l'opposé, R. Norris Williams s'en est bien remis. Par la suite, il a gagné plusieurs championnats américains de tennis, en simple et en double. Il est mort en 1968.

Ethel, l'aînée des trois sœurs Fortune, est restée hantée pendant des années par l'idée de son frère se débattant dans l'eau glaciale avant de mourir.

La mère des deux petits Français surnommés « les orphelins du *Titanic* » a retrouvé ses fils après les avoir reconnus sur une photo publiée dans un journal. Leur père, dont le vrai nom était Michel Navratil, était parti avec eux pour l'Amérique sans qu'elle le sache.

Le commandant du *Carpathia*, Arthur Rostron, a reçu plusieurs médailles en reconnaissance de son héroïsme. Par la suite, il est devenu commandant en chef de la flotte de la Cunard Line. Charles Lightoller n'est jamais devenu commandant à la White Star Line. Par contre, il a été commandant dans la marine britannique au moment de la Première Guerre mondiale. Durant la Deuxième Guerre mondiale, il a utilisé son propre yacht pour aller secourir des soldats sur les plages de Dunkerque. Il est mort en 1952.

J'ai eu la chance d'écrire et de publier plusieurs livres à propos du *Titanic*. En 1986, j'ai travaillé avec le professeur et explorateur Robert Ballard à la préparation de son livre, intitulé *À la découverte du Titanic*, qui a connu un énorme succès. Je devais, entre autres choses, identifier les objets qu'il avait vus au fond de l'océan.

En 1988, j'ai aussi assisté Robert Ballard dans l'écriture de son premier livre pour les jeunes lecteurs: *À la découverte du Titanic*, Collection Je peux lire. En travaillant à ces deux livres, j'ai eu la chance de rencontrer Ken Marschall, illustrateur remarquable et également spécialiste du *Titanic*. L'historien Don Lynch, spécialiste du *Titanic*, Ken Marschall et moi avons publié ensemble un somptueux album intitulé

*Titanic : la grande histoire illustrée.* Ce livre a donné à James Cameron l'idée de faire son film à grand spectacle intitulé *TITANIC*. En 1993, j'ai supervisé l'élaboration de l'album pour enfants *Polar the Titanic Bear* (non traduit en français). Quelques années plus tard, j'ai écrit deux livres portant sur le paquebot naufragé : *Au cœur du Titanic* et *Tout ce que vous avez toujours voulu savoir sur le Titanic.*

# REMERCIEMENTS

Je tiens à exprimer ma reconnaissance envers mes mentors au sujet du *Titanic* : Robert Ballard, Walter Lord, Ken Marschall et Don Lynch. En plus de consulter tous les livres sur lesquels j'ai travaillé avec ces gens, j'ai aussi trouvé d'excellents renseignements dans le livre d'Alan Hustak intitulé *Titanic : The Canadian Story*. Le site web *Encyclopedia Titanica* a aussi été un outil de référence très pratique. John et Charles Loewen ainsi que Suzanne Foster, l'archiviste du collège Winchester, m'ont fourni d'excellentes informations sur la vie au collège. J'aimerais aussi remercier Merrylou Smith de l'école Bishop's College. Un merci particulier à George Behe, historien et auteur qui a aussi écrit sur le *Titanic* et qui a relu attentivement mon manuscrit. J'aimerais aussi remercier Sandra Bogart Johnston, ma collègue et éditrice de longue date.

# Au sujet de l'auteur

Hugh Brewster a toujours été captivé par l'histoire. Petit, il habitait à Georgetown, en Ontario, tout près de la bibliothèque municipale qu'il fréquentait parfois quatre à cinq fois par semaine. Dans la maison de ses parents, il n'y avait pas de télévision afin d'inciter les enfants à lire. L'idée s'est avérée efficace – Hugh a fait des études universitaires en anglais.

Hugh Brewster est l'auteur de douze livres. Il a remporté plusieurs prix littéraires canadiens en littérature jeunesse. Son livre *Carnation, Lily, Lily Rose* a été sélectionné pour le prix du gouverneur général du Canada. De plus, aux Éditions Scholastic, il a publié *La bataille de Vimy*, *Le débarquement à Juno* et *Dieppe - La journée la plus sombre de la Deuxième Guerre mondiale*, trois livres primés.

Il a aussi écrit dans la collection Au Canada : *Prisonnier à Dieppe*. Ce livre a été nommé Meilleur livre de 2010 par *Quill & Quire* et le *Globe and Mail*. Il fait aussi partie des finalistes du prix Ruth et Sylvia Schwartz.